U0597020

THE STORY OF XIEDAOYUN

谢家女 乌衣巷中

东晋才女谢道韫

木犀 著

北京联合出版公司
Beijing United Publishing Co.,Ltd.

图书在版编目（CIP）数据

乌衣巷中谢家女：东晋才女谢道韫 / 木犀著.—
北京：北京联合出版公司，2018.5（2024.3重印）

ISBN 978-7-5502-9048-8

Ⅰ.①乌… Ⅱ.①木… Ⅲ.①长篇小说—中国—当代
Ⅳ.① I247.5

中国版本图书馆CIP数据核字（2018）第041867号

乌衣巷中谢家女：东晋才女谢道韫

作　　者：木　犀
出 品 人：赵红仕
责任编辑：郑晓斌　徐　樟
策划编辑：汪　婷
特约编辑：黄梦梦
特约监制：朱文平
封面设计：

北京联合出版公司出版
（北京市西城区德外大街83号楼9层　100088）
三河市天润建兴印务有限公司印刷　新华书店经销
字数 131 千字　900毫米×1280毫米　1/32　6.5印张
2018年5月第1版　2024年3月第2次印刷
ISBN 978-7-5502-9048-8
定价：49.80元

版权所有，侵权必究

未经书面许可，不得以任何方式转载、复制、翻印本书部分或全部内容。
本书若有质量问题，请与本公司图书销售中心联系调换。电话：（010）88134081

前　言

　　已是暮春，阳光渐炽，又到了柳絮飞舞的季节，小城再次弥漫在一场没有寒风的春雪里。如同千年前那场雪，穿越滚滚红尘而来，勾画出一个飘逸灵动的女子，踏过满是荆棘的凡尘，伤痕累累之下依旧冰清玉洁，被江南天青色的水色晕染成翠竹的色彩，在如絮的雪花中羽化而去，在烟色的长空中划过一抹长长的裙痕。

　　那场混战将晋王朝分为两段，一段西晋，一段东晋。政权中心从国色天香的洛阳城南迁至金粉之都建康，没有根基的柳絮落在了江南的水乡，等待一场邂逅。在那个午后，看万物静谧，听沙沙作响的声音掠过树梢，终于化作满天白蝶翩然而落，融在江南的每处屋舍、每条河流，绕在青山水郭外，打湿了东山别墅长廊两侧的花圃。隔窗看见那个轻盈灵动的小姑娘，有着儿童懵懂不知人世艰辛的天真，接一片六瓣雪花，化为她梦里的一只蝴蝶，翩然飘动，扇起灵气满满的才华。

　　生在江南，长在江南，却有着江北陈郡祖籍的名号。出生在雅致之族，嫁与簪缨世家，她本该是那段动荡岁月里幸福的女子，大树下剪一汪江南雨做墨，采一朵江南云做笺，描绘一幅只有自己才懂的风情，不承想洪流涌过，无人幸免。但她不是那轻盈的柳絮，她是一片江南雪，早已融入山河湖泊中，化为一汪清泉，随遇而安，不急不躁，却又汹涌澎湃。少年时那幅画早已泛黄，握在她手中是另外一幅，绘着青松寒梅，隐隐有香气盈袖。

谢道韫的一生很漫长，也很短暂，所有的事迹凝在一起，也不过短短数段。开始时她便已是聪慧灵动的小姑娘，一句咏雪联句，奠定了她在文学史上才女的名号。她自飞雪中走来，踏着江南的烟雨盛景而成长，不蔓不枝，亭亭秀秀。她永远是江畔那株白玉兰，清丽而不妖娆，不矫揉造作，不喧宾夺主，人品就如她的诗句一般质朴无华、清丽自然，但又开阔大气、气势恢宏。她不喜欢便直接告诉叔父，心无尘垢，如明镜般晶透。她钦慕当世名士的风骨，便一生如此要求自己，待人行事处处透着清峻通脱，被人称作女子中的名士，有着烟云水气般的飘逸仙姿，超凡脱俗而又大气开阖。直到战乱袭来，火烧平野，她的人生顿生颠覆性的变化，才发现原来所有的评述都不足以描绘她的风骨。生死面前体现人性，嵇康不屈从容赴死，谢道韫不畏刀剑奋起抗争，生命开出绚烂的花，在魏晋黑暗的天空中绽放灿烂的光华。

她是一朵莲，生在淤泥般的浊世却活得清雅秀挺；她是一枝梅，生在冰冷寒冬之时却绽放得雍容大方；她是一株竹，长于千岩万壑间却生长得青翠秀丽。她是天地间的一股正气，是满园花丛中的芝兰玉树，打开魏晋的另一扇窗，满眼白袍中的一抹亮色。

窗外又是雨珠飞溅，江南已入夏，从陈郡出发，顺水南下，踏青山访碧水，沿着当年的痕迹探寻，渴望与曾经的芳魂共鸣，做一场名士之梦。

目 录

序

乌衣巷中谢家女

"朱雀桥边野草花，乌衣巷口夕阳斜。旧时王谢堂前燕，飞入寻常百姓家。"踏着斜阳余晖，漫步于街亭的喧嚣之中，商铺鳞次栉比，游人如织，曾经的魏晋风流早已随水东逝，一切前尘旧事烟云般消散，再难寻觅片点雪泥鸿爪。秦淮河微起波澜，是否还记得乌衣巷中曾经的衣香鬓影、繁花似锦？风流总被雨打风吹去，苍茫大地承载着几多枯荣。

人生一世，草木一秋，伊人已逝，此地空余乌衣巷，白云千载空悠悠。

随着东晋王朝的凋落，曾经荣极一时的王谢家族如夏末的一枝莲，空灵之姿还在，神情却已黯然。

人才济济的王谢望族是魏晋时期的一颗明珠，璀璨若浩瀚星河中的启明星，有着木秀于林般的独树一帜，只要提到东晋王朝便无法从他们这里越过，他们俨然是东晋王朝不可或缺的部分。"山阴道上桂花初，王谢风流满晋书。"六朝粉黛的金陵城内，朱雀桥旁承载着两个豪门巨阀，他们乌衣为尊，以凝重的色彩厚重地涂抹于碧绿的秦淮河畔。

或许是东晋的风气使然，或许是王谢两家的家教造成，抑或是竹林七贤的熏陶，谢家小女道韫亦是王谢众星中的一颗，风流蕴藉，秀外慧中。若是能画一幅东晋时期王谢名人榜的画像，一片乌压压的肃色中，定然唯她艳丽独秀、高鬟宽袖、华裾飞髻，梳云掠月却又英气逼人。她会是众星捧月般独特的存在。

她没有倾国倾城引得君王不早朝，没有长袖善舞在政治风云中翻手为云覆手为雨，没有"美人卷珠帘，深坐颦蛾眉"。她只是那个乌衣巷中长大的贵家女，是那个才气高雅的谢家姑娘，若不是中年时的战乱，这一生便是平平淡淡的安稳，纵有不如意，也不过是水中的气泡，终会消散在漫长的岁月中。

红颜从来薄命，上天似乎也不愿这么轻易放过这样一个风华绝代的女子，逼迫她不得不在浩瀚的史书中写下最浓重的一笔，如同温情脉脉的话本在结尾处忽然高潮迭起，上演一番生死别离，引得观者唏嘘，泪如雨下之中见她脱去稚气，刀剑相向，屹立在风雨飘摇中。

英雄从来寂寞，读史之人感慨动容，谁又曾见书中之人酸楚悲愤？偏偏锤炼她的正是那给予她咏絮之才的东晋王朝。

她是历史长河中涉水而过的飞鸟，碧波纤影一掠而过；是青山绿水中的一竿青竹，却又不输红梅一段清香。她不矫揉造作，不攀扶而生，风神疏朗，朗朗如日月入怀，千古映照，风骨巍然。

第一章

未若柳絮因风起

1. 魏晋风流

本该秋高气爽的天气却遇上了连绵阴雨，缠缠绵绵仿佛是初春，一杯清茶，一卷书，听窗外淅淅沥沥空阶滴到明，有一种怅然若失的迷惘之感。

推窗而立，凉风卷带着细雨扑面而来，窗外只有入秋的景，却没有入秋的寒，秋风温凉而细腻。在这样的季节里，觅一段史，念一个人，仿佛连灵魂也踏入得格外清晰。

漫长的岁月里，浩瀚的史书中，皮影戏般滑过的又岂止几个英雄、几位佳人？跨越滔滔江水，在重峦叠嶂的密林间找寻，碧水清流，谁又是那个立于水畔等待的人？

没有绝世容颜，没有红缨盔甲，不妖不魅，"蒹葭苍苍，白露为霜。所谓伊人，在水一方。"隔岸相望沉鱼落雁、巾帼须眉、庭阶玉树、珠玉满堂，她在其中翩然而立。她便是谢道韫，东晋名相谢安的侄女，名满天下、千古流芳的才女。

隔着东晋这条暗潮汹涌、血腥浮躁的河，她的家族如同岸芷汀兰，郁郁青青，她便摇曳其中。无意苦争春，一任群芳妒，本该是一朵被呵护的春花，却飘摇于风雨如晦的冬日，伤痕累累之后，留给我们的是一段寒梅傲雪的顽强之姿。

谢道韫是一个名字、一个符号，代表着繁盛一时的谢氏家族曾经有这么一位姑娘，姓谢名道韫，被历史铭记。

道，"自然，自然即道"；韫，"收藏，蕴藏"。似乎冥冥之中已注定，她这一生如韫椟藏珠，期待光芒万丈却又宝匣深藏，可惜待千帆看尽，波澜不惊时方醍醐灌顶，这世间浮光掠影，原来不过一个"道"字，万法归宗。

记得谢道韫便记得那样一个时代，记得那样瑰奇而混乱的一段史，成就了她的千古英名，也给了她一世伤痛。何其不幸，又何其幸哉。如若有来生，渴求国泰民安，小女子一生碌碌，不求显达于世，但求岁月静好，一世长安。

推开那扇满目疮痍的大门，踏着历史的烟尘，在江南的雨幕中细细找寻，眉眼清丽，秀外慧中，史册上的墨迹堆砌着对那个风骨非凡的女子的赞美，却总觉得有些疏离而遥远，有一种冷冰冰的生硬僵直。她该是一个活生生的女子，美丽而温婉，不急不躁，微微如风，才华横溢。她立在湖畔岸边，如一竿青竹，又如一株玉兰，亭亭而立。

想走近她，听她娓娓而述王朝兴衰，欣赏她如蛟龙出海般的书法，"雍容和雅，芬馥可玩"，看她意气风发，口若悬河，清谈玄辩，如出鞘的宝剑，秋虹似水。与她讲闺房密语，怅然感叹夫君没有双飞翼，心意难通。

史册总是热闹的，记录着枭雄豪杰，记录着英雄侠客，记录着美女如云，也记录着烈女贞妇。掩卷而叹命运之不公，世事变幻莫测，高山是一景，小溪也是美不胜收，只是更多的人去仰望高山时，谁还曾记得那些零落成泥碾作尘的卑微灵魂。

漫卷诗书，繁花缭乱，魏晋时代造就了一个奇异的社会现象。一边是追求自由率真个性的文化，一边是动荡不安的社会，仿佛一个人格分裂的精神病人，忽左忽右，时而残虐疯狂，时而开阔博大。

这是一个瑰丽而妖异的时代，有着与众不同的基调。她亦正亦邪，任性猖狂，而又真诚可爱，与她相遇，莫问是缘是劫。

魏晋南北朝的朝代特征如此之多，与当时的政治风气有关。曹丕于220年代汉称帝，建立了魏国。四十五年后，265年，司马家族秉承曹家得天下的手法夺了这天下大权，建立了晋王朝。然而短短五十二年后，政坛再起纷乱，统一的王朝如大厦倾倒，土崩瓦解，安定平稳的生活仅仅是昙花一现，便湮灭在历史长河之中。

失了北方国土，晋室只得南渡，琅琊王司马睿在建康建立了东晋。偏安一隅的东晋王朝也没能让朝局安稳下来，建立在士族门阀支撑基础上的政权危如累卵，有着"王与马，共天下"之称。皇权弱，士族强，势必产生权力之争，在东晋王朝统治的一百多年里，各种篡权、起义不休，动荡的朝局使这个时代纷杂混乱、号角声不断。

政治的混浊黑暗，国家的分裂对峙，却造就了文化的融合促进。不同民族、不同地域的文化相互撞击，相互妥协调和，终于融成特立独行的文化氛围。这是多么奇怪的一个时代，有着漆黑的政治，却有着光彩的文化。

这是一个士族当权的时代，是中国历史上唯一的贵族时代，皇权没落，士族豪门风涌崛起。他们左右着整个王朝的政治、经济、文化，从魏时开始渐渐壮大，至东晋时期已到顶峰。王、谢、庾、桓四大家族与司马氏皇权同生共息，此消彼长而平衡。谢道韫是陈郡谢家之女、王家之媳，显赫的出身给予她的不是飞扬跋扈，而是诗书字赋样样出众的才气，是有着林下之风的名士风范。

从元康名士到"竹林七贤"，再到江左八达，魏晋的风气已然与前朝不同。不再是儒家独霸天下，老庄的思想渐渐走入朝堂，士族名流们开始重才气，重艺术，重感情，重这世间一切美好的东西。这是一个相对于前朝而言人性开始觉醒的时代，他们不再被教条约束，渴望探视内心，寻找心底深处的真情。

他们开始相信，这世间一切皆有情，情义之深不亚于理之重，是人才会有情，有情才能算一个真名士。名士王衍丧子，悲痛不已，山简安慰他不要太过伤心，他痛哭道："情之所钟，正是我辈。"圣人可以忘情，我辈岂敢？情到深处自然涌出，不压抑，不克制，情到深处无法自拔。这世间最真切的正是用情至深之辈，他们在那样一个动荡不安、战乱频繁的时代里深情以待。

频繁的战乱和动荡的朝局，无法释放的家国之情、故土之恋，太过压抑的仕途前景，让士人们如同落入黑暗的深渊，需要伸展的心性只得在老庄的飘逸思想中一展双翅，放纵任达，率真任性。

追求美色、玄学清谈、服药之习、饮酒成风、任诞率直等迥异于其他封建王朝的风气，带着魏晋时期独有的风采扑面而来。青山绿水间，文人墨客三两成行，或坐于曲水之畔，或散衣而卧，洒脱不羁，"斗酒十千恣欢谑"，画轴半卷描史册。

江南王朝内斗不断，江北更是战火弥漫，汉、羌、匈奴、鲜卑等各族之间的摩擦不断，王权更迭频繁，你方唱罢我登场，狼烟四起，民不聊生。乱世治兵，盛世治典，群狼环伺的权力之争使当权者们在短暂的统一中来不及建立自己的文化体系，江北、江南在纷乱中寻找自己独有的平衡，在民族差异、地域差异的碰撞和挤压中催生出了一种绝世独立的文化风貌。

在失去半边国土的东晋，玄学有了自己的新核心——如何超生死、得解脱。动荡的王朝让士人们觉得生死无常，所有美好不过是稍纵即逝的烟花，生命亦不过是大梦一场。由此，他们提倡"今朝有酒今朝醉"的生活观，追求个体人性解放，纵情放欲。

永嘉之乱后，中原沦落，山河已破，朝局动荡，政权频繁更迭，士人南迁，这一切使得他们对于国家的感情越来越淡薄，而家族的观念越发浓厚。他们远离家国故土，面对的虽是江南的秀丽江山，然而想到江北还在动荡离乱中，故土难回，家园不再，无法割舍的落叶归根之情终于喷薄而出。

厌倦了无休止的战乱，厌倦了朝堂之上的波诡云谲，他们自绝望中生出新的感情寄托，他们抛弃实用功利，轻视世俗礼法，超越玄远，向往精神的纯净。如嵇康爱打铁，不是为生计，只因喜爱；阮孚制屐，神色悠然。他们所求只是心中所爱，因为爱而去做，没有目的，没有算计，所凭只是一颗心而已。

他们纵情山水，寻找安乐之所，放浪形骸，以酒精麻痹神志以求忘怀或自保，以隐逸山林为乐土。

儒家那些三纲五常的理论，"以经义决狱"的烦琐经学，还有谶纬怪诞的神学，到了这个时期都如同美人迟暮，光环泯灭，魅力不再。士人们厌倦了政治斗争的残忍黑暗，转而开始关注个人的修为，醉心于形而上的哲学论辩，名人雅士攒三集五地谈玄说理成为一种时尚，世人称为清谈或玄谈。

清谈是将人性和对这个世界的看法做了形而上的认知，思考来去有无这样无法参透的玄理来进行辩解，士人们引经据典，侃侃而谈。当时的士人皆爱此道，文人墨客们聚在一起，饮酒清谈，有时会就一个论题辩论不休，遇到高手，甚至可以通宵达旦。

美人卫玠便是此中高手，虽然有"看杀卫玠"的说法，但还是有部分史学家认为，卫玠是因身体羸弱，又彻夜清谈，以至于累死，可见清谈的魅力之大。

陈郡谢氏也深爱此道，谢道韫的叔伯和兄弟们都是此道中人。谢安是清谈高手，侄儿谢玄、谢朗也是少年时便名扬天下，谢道韫自幼受叔父谢安影响，又才学过人，加上日常里来往的皆是风流名士，才学深厚，辩识机敏，都是清谈高手，她自然也成了此道中人。

如果说清谈玄学是魏晋的主导思想，饮酒长啸便是日常行为。魏晋时期士人爱酒，上至帝王，下至士人，皆嗜酒如命，尤以"竹林七贤"为代表。刘伶更是酒中仙，他曾乘鹿车，携酒壶，使人荷锸而随之，谓曰："死便埋我。"可见他爱酒甚于爱自己的生命。不仅如此，他还把自己对酒的喜好写成文字，作了一篇《酒德颂》来阐述自己饮酒的原因和酒后的感知，所谓"静听不闻雷霆之声，熟视不睹泰山之形，不觉寒暑之切肌，利欲之感情。俯观万物，扰扰焉，如江汉之载浮萍……"这也许便是当时爱酒的士人们共同的心声。借酒避世，借酒放达，醺醺然而自得。

饮酒不过是魏晋士人任诞之风中的一种，各种越出当时礼教的事例不胜枚举，例如阮咸人猪共饮、阮籍居丧无礼、王羲之东床坦腹、王徽之雪夜访戴等。乘兴而来，兴尽而返，这正是魏晋名士们追求遵循内心的行为方式，放达率性。

如果这些行为还不够让人瞠目结舌，那么服食五石散才真是任性到怪诞的地步。食药之习大约是从"美人"何晏而来，何晏吃五石散治病，病好后称此药便是不治病也能让人神清明朗。在那样一个跟风的时代，此论一出，世人纷纷尝试，后渐渐成为上层社会的一种风气，一代名流王羲之也服用此药。

五石散的药性很烈，吃过后需要散发，以至魏晋士人都喜爱衣袖宽博的服装样式，褒衣博带，行动之时衣袂飘飘，恍若谪仙。士人们以此为风尚，行动中自带一股翩然之态。

欣赏世间一切美好，不论是对物还是对人，敢于直接表达自己的喜恶，真诚而不做作，是这时期独有的一种风景。譬如当时的女子看到美男便围观，将果子抛入车中以示欣赏，这种纯真而美好的喜爱之情，率直得可爱。嵇康在山中徘徊，猎户夸赞他为神人；谢安有鼻炎，说话鼻音重浊，世人于是皆捏着鼻子说话，跟风的狂热程度甚至导致满城洛下之音。

率性而为，行为怪诞，只是这魏晋风度中的一种表象，后世的文人墨客真心钦慕的是名士们风流蕴藉的才情，是他们的放达而不放纵，率直而不鲁莽，真性情而不淫乱。阮籍别嫂，虽无视礼教，却重亲情；嵇康刑场上让弟子送来自己的琴，从容弹一曲《广陵散》，长叹一声此曲终要消亡，其淡定放达之态，世人皆感怀；谢安会桓温，被满帐刀斧手合围而不变色，谈笑风生，于不动声色中化险为夷。如此种种，后人岂能企及？

正所谓，真名士，自风流。

张扬的个性背后是对精神世界的纯净的追求，任诞放肆背后是不同流合污的铮铮铁骨。

谢道韫便生在这样一个思想开放、追求自然美、崇尚玄风、清谈盛行的王朝。

谢道韫出生在一个富庶的门阀世家之中，被娇养长大，文采斐然，才华横溢，在当时不知被多少士人倾慕。

茂林修竹间，亭台楼榭深处，阳光透过檐角洒入庭院，层累的紫藤萝架下，不谙世事的少女拈花而笑，一生如若画卷初展，怀揣美好的憧憬，只盼此生遇一良人，"死生契阔，与子成说"。

　　然而冰冷的史实总让人措手不及，即使超凡脱俗如星子般的他们，也难抵粗野的金刀铁马，所有的情感和矛盾在家国天下的面前渺小如一粒尘埃，历史的车轮倾轧着血肉之躯轰轰而行。"可怜无定河边骨，犹是春闺梦里人！"谁曾记得车轮下的尘埃中曾经开放过的花儿？阿基米德倒在野蛮的血泊中，谢道韫怀抱小外孙独面钢刀血雨。

　　血腥推进的历史进程将这个热闹的时代渲染成另一种风景，如同地狱中的彼岸花，绝望中开出的艳色，妖异无双。咨经诹史，这一世的悲欢离合、欢喜凄凉，都凝成墨落于纸上，不过是几笔墨迹，凭记一生。

　　纵使她千古留名，风骨铮然，我们甚至连她的出生之日也无从追寻，能记得的大约就是那年那岁，她还是"倚门回首，却把青梅嗅"的豆蔻少女，秋千架前立，白果树下舞，巧笑倩兮，美目盼兮，一派少年不知愁滋味时浑然天成的纯真。随着岁月的浸润，白纸一样的人生便轻易地被这样热闹而繁芜的时代培育成毛竹一般的秀挺。

　　墨色中依稀可辨她衣袂飘飘、面目清丽、形容开阔，有着君子般的洒脱，但终是落入这凡尘世间，身心疲惫，伤痕累累。

　　春雨如幕，夏日如花，秋凉若霜，冬雪绵绵，人生一幕如这四季，少年时的美好，成年后的烦恼，中年后的遭遇，朝而欢，暮而寂。

多希望这一世不过是庄周一梦，石入水中激起碧湖波澜，惊醒梦中人，再抬头，庭院深深，绿肥红瘦，微风吹拂，秋千依旧。

翻开泛黄的史料，相悖于她千百年来的名气，有关谢道韫的资料屈指可数。浩瀚如垠的字海里，觅迹寻踪，点点滴滴被尘封的往事，如若昙花般幽然开在寂寂的黑夜，执起的烛火还未燃尽，花已谢去，只余下淡淡的香气萦绕心间，如隔湖而望的一朵白莲，如深山幽谷那枝寒梅，不待你的到来，便已过了花期，空余怅然漫山谷。临水凭吊，碧空余鸟痕，清波舟影远，心中唯余那个踏波而来的仙子，空灵飘逸，仙踪难觅。

2. 风起青蘋

　　大风起于青蘋之末，江湖潮汐起伏，动静皆有因，看似平常的事件下是涌动的机缘。陈郡谢氏祖辈生活于江北，最终在江南成就一世盛名，本该是江北崖上白玉兰的谢道韫，由此而成为江南的一棵木棉树，花开锦绣，钟灵毓秀。

　　西晋王朝的巨轮在风雨刚歇的晦涩天幕下缓缓滑行，没有罗盘的指引，不知道如何加固船身，贝阙珠宫、金玉满堂也不过是燕巢基上，社稷如累卵之危，苍生有倒悬之苦。海面风雨交加，船内刀剑相向，王朝不可避免地再次驰入风浪区。

　　西晋从曹魏手中接过江山大任后，来不及整顿就开始庆贺，从奢华糜烂到一步步走向深渊，直至覆灭。北方大片江山已落入他人之手，东晋只是晋王朝大乱后南移的政权，也是依赖和猜忌交织中的政权，生存得格外战战兢兢。

　　从最初在贫瘠的花园里种下那颗生存的种子开始，这棵王朝之树的生存之路就注定会格外艰难，风雨如晦，刀光剑影，它孤寂无助却又热闹喧哗，无暇关注生存之源，它更急切的是想得到树上的果子。正因为如此，方有了魏晋乱世，有了"竹林七贤"，有了魏晋风流，有了魏晋风骨，有了琅玡王氏，有了陈郡谢氏，也有了拥有咏絮之才的谢道韫。

西晋如若依旧如日中天，根基在陈郡的谢氏不会乔迁至江南，琅玡王氏不会与司马家共天下，王谢不会携手共游东山，曲水流觞集一册《兰亭集》，谢道韫也许就不会嫁给王凝之，也许这一生可以爱恋无绝期，共剪西窗烛。偏偏王朝覆灭，人事变迁，短短几十年，一切变得面目全非。都说前世五百年的回眸才换今生的擦肩而过，谢道韫的姻缘也好，王谢两家的联姻也罢，或许都是前世已定下的缘吧。也许这轰轰隆隆的王朝剧变，只是为了赴一场他们相会的盛宴。

无法猜想当年晋武帝内心的考量，为何最终将锦绣河山交给自己痴傻的儿子，以致贾后弄权，引出八王之乱，将西晋王朝拖下无间地狱。鲜血的味道唤醒了司马氏骨肉血亲们内心深处的魔，让他们一个个踏着尸山血海狰狞而来。最是薄情帝王家，为了那至尊的高位，无数英雄竞折腰，亲情泯灭，道德沦丧，余下的只有僵尸般的肉体，撕咬吞噬，任由邪恶之火吞噬天地。

风雨飘摇的西晋被蹂躏撕扯，终于被碾成齑粉，任由北方的大军潮水般涌入，铁蹄踏碎残梦，惊醒了满城士族。自曹氏手中掠夺的王朝轻易地便被付出一半给予了新的掠夺者，司马氏抛下半壁江山，逃

13

避江南，自此残缺成了晋人心头永远的伤。

北方的士族们没有想到会有一天举族南迁，别离故土，于青山绿水间再觅根基。即便是再华丽显赫的家族，也不过是国家怀中的雏鸟，覆巢之下，焉有完卵？国破家亡，国土已失，何处为家？战争的烈焰舔舐着每个东晋子民，轻易地将他们灼伤。

来到他人的梓里，王导采取的是忍让之策，以求各方势力平衡。他采取了"镇之以静，群情自安"的政策，只为让东晋这艘已是积重难返的巨轮先稳稳地靠岸。

江南是另一片天地，有着自己的豪族门阀，他们有引以为傲的家族史，有江东的富饶之土，又有名士风范，不趋利求势，即使是皇家也不在他们的眼中。初来江左，无人相迎，豪门士族皆摆出观望之态。朝局不平衡，即便是已停了岸，依旧无法抵挡风浪。

江南士族并不认可仓皇而来的江北士族，称他们为"荒伧"或"伧父"等，意思是边远粗鄙之人。江北士族多为朝堂之上的重臣，自视甚高，即使北方故乡已失，士人骨子里的傲气还是让他们无法弯下腰去，对待南方士族的蔑视只回以不屑，仍以中原望族自我标榜，傲然不融。

王导夹在司马氏和南方旧族间捭阖，同时要保证江北旧族的利益，可谓左支右绌，夹缝求生。为能保证江南的政局平稳，求得江南士族的认可，他曾不怕被人耻笑而学习吴语，并弯下腰向当地门阀陆氏求亲联姻，却被陆玩轻视。陆玩冷笑道："培塿无松柏，薰莸不同器。玩虽不才，义不能为乱伦之始。"即使王导曾是江北望族，在这里也如同离开家乡的柑橘，早已没了故乡的香气。

王导为了保证南下士族能平稳过渡，采取了侨寄法，在不影响南方士族生存利益的地方设置侨乡、侨郡、侨县，而且多设置成拱卫之势，可以护卫京城。江北的士族在这些地方可以保留原来的姓氏和利益，使这些朝堂上的重臣暂时安下心来，暂时保证了东晋王朝的平稳过渡。

南方的士族也同样面临着许多难以解决的问题，他们是自孙吴以来早已盘踞在江南当地的门阀，分别是吴郡顾氏、陆氏，义兴郡周氏，他们本就瞧不起北方士族，遑论将南方大片田地给予他们。但司马氏是自江北而来，带来的北方士族多在朝堂上手握重权，而南方士族虽在经济上占主导地位，政治上却没有太多的话语权。王导便让朝堂重用江南士族，礼敬优待。几经努力，终至南北士族融合。

每个家族的成长都不是一帆风顺，同样是琅玡王氏的王敦却没有王导的温和态度。政局的动乱对于枭雄来说是一次权力崛起的绝佳机会，手握重兵的他野心勃勃，要取司马氏而代之。作为同族的王朝中流砥柱，王导不仅没有站在自己族人那边，反而坚定地做了保皇派。为了全族的利益和安全，他带领全族兄弟子侄二十余人，每天天亮时到台阁处等待处罚。曾带领着全族人紧跟着司马氏南下建立根基的王导，此时心中是何种感受？只怕他内心深处虽有恨有怨，更坚定的却是儒家的"忠义"两字和全族的性命。长安陷落、王敦专权后，王导并没有因为族人得势而得意，他坚决反对王敦篡权，宣称："宁为忠臣而死，不为无赖而生。"王敦无法，最后只得退回武昌，一场战事终于无疾而终，同是族人的王敦至死没有越过王导。

流水东去，冲走多少往事。王导立在滔滔江水之畔，心意澎湃起伏。他的身后是数百人的庞大王氏家族，每次站在风口浪尖，面对两难抉择时，他都没有迟疑犹豫，坚定地站在自己的内心认定的方向。无论面对的是何人，他的意志从未有过半点儿改变，刀剑相向亦无悔。王导一生付出良多，一路走来多少艰辛泥泞，所幸命运不负，不论是东晋王朝还是琅玡王氏，皆平安度过了衣冠南渡最初的动荡。

相对于琅玡王氏的崛起，陈郡谢氏就缓和了许多。他们和江北其他跟随着司马氏南下的士族一样，平淡无波地落入青山秀水间。按照王导的侨置法稳稳停下，遵循朝廷规定购置田产，有官职的子弟住入京都秦淮河畔乌衣巷的新居，其余子弟家眷皆在会稽上虞、东山重建了谢氏庄园，自此扎根江南，开始了新一轮的征程。所幸谢氏家风严谨，子弟才俊众多，再加上努力经营，终使谢氏成为水墨江南的明珠一颗。

"道德传家，十代以上，耕读传家次之，诗书传家又次之，富贵传家，不过三代。"传承的是什么，回报便是什么。谢家三百余年风流不绝，正是由于传家以德。东晋时虽然以玄学为主流，但士族门阀在治家上依旧是以儒学为重，重门风、重家学。作为当时一流高门的谢氏，其门风是当世标杆，以老庄精神为主导，率真风流，重情轻礼；家学更是特立独行，注重儒家的礼法，崇尚孝悌忠义，所以他们虽然也会着力维护自己的家族利益，但更会将东晋王朝的利益摆在家族利益的前面。不是愚忠，而是为了整个社会的稳定，同时也是在规避树大招风、圆满则缺的规律。这便是谢安提出的在政治上要采取的素退政策。

谢家也和其他门阀家族一样，如同一棵盘根错节的苍树，根系深深扎在故土之中，枝叶却已远远地伸向皇权所在地，以求获得更充足的阳光雨露来滋润、维持整个家族。

谢安自东山翩然而下，前半生他倾力为谢氏家族培养下一代，后半生他为谢氏家族门阀不倒而努力，无论哪一件他都做得极为成功。他教育的子弟个个出众，他对东晋王朝有不赏之功。他的一生都在为自己的家族努力，也在为东晋王朝而努力，在他手握大权的那些年，东晋暂时得以稳定。

谢安的出现，是谢氏乃至整个东晋王朝之幸。他的光彩宛如明珠般耀眼，他风流蕴藉、放达不羁却又谨慎守身。出世时，他寄情山水，以身作则教导子侄；入世便惊艳天下，举手投足间，前秦数万之众灰飞烟灭。

似水流年偷换，原来东吴的乌衣铁甲的营地，曾几何时已变为东晋风流满天下的王谢门庭。不知道谢家从何时搬入此地，只知谢安东山再起名满天下后，便与这里息息相关，和"王与马，共天下"的王家毗邻而居，从此相守相伴，声名鹊起，联姻、联政，共领士族门阀百年风骚，浓墨重笔，彪炳史册，为后人所忆。

3. 缘起江南

择一城终老，遇一人白首。

人生一世，漂泊一生，困累得最快的是肉体，总渴望有一处能避风雨之枝可以将此生栖息；等到肉体不再漂泊，思想却没有停止过流浪，渴望一份正好是自己所喜爱的事业，可以沉浸在其中永不厌倦；便是思想不再流浪，梦想也一直在生长，为那份此生没来得及实现的美好。终此一生，总是漂泊得辛苦而漫长，短暂却又充满期待。

心底深处立着一座城，我小心打扫，细细擦拭，花团锦簇只待你来，希望你便是我等待的那个人，希望你恰好也愿意在此长驻，希望我自此不必茕茕孑立、形影相吊。"此心安处是吾乡"，望你如我一般心静如水，长日相伴不相厌，此生于此城中共相守，白首话当年。然而……

公元 317 年，长安失守，西晋灭亡。

世事变迁，际遇难料，梦想和现实总是有差距，曾经固若金汤的城池只不过是战火中的苇箔，沉浸在温柔乡里的士族纷纷逃离故土。国家稳固时，人人为利而谋，一旦国破家亡，战乱四起，无数人流离失所，生死一线。多少有情人被拆散，多少青梅竹马不得不天各一方，终此一生再难相见，同城白首的期望终成一场大梦。

曾经的繁华就此凋零，金戈铁马踏碎残梦无数，故国家园无处话凄凉，明月孤悬下四野孤寂，寒枝栖独鸦。在血腥的碾轧中，中原沦为人间地狱，生命在烈焰中挣扎，化为尘埃中的草芥。

江北已被铁蹄踏碎，千里沃野狼烟四起，曾经的华丽庭院已陷入敌手，隔江相望，此生只能遥寄故乡情，借月亮的清辉照一照旧时家园。由于隔着长江天堑，战火还未燃至江南，司马睿听从了王导的劝解南下建康，从此开启了一百多年的东晋王朝。虽然其间依旧战乱不断，又有北方政权的攻打，但总算是暂时安定下来，江北的士人和流民会聚在一起，借地理优势避祸，偏安一隅。

当冰雪消融、江南再逢春时，已添了许多陌生的面孔。无论是簪缨世家，还是平民百姓，都纷纷背井离乡，满面风尘，如潮水般涌向平稳的江南，只为寻一处安身之所，渴望一世安宁。

烟花金陵，风情秦淮，江南总是带着几分温润的烟柳旖旎，便是霸道的帝王之气在这里似乎也平添了几分平缓柔美。江南之城向来是诗人口中的梦回之处，烟树迷离，水汽氤氲，月色溶溶，道不尽江南的旖旎风光，数不尽江左风流人物。江南的温润让一切慢了下来，金戈铁马、号角嘶鸣的混乱王朝到了这里似乎也不由自主地缓了下来。

踏上拱桥扁舟，迎面是薄雾迷蒙的江南细雨，于雾气氤氲中遥望青山耸立、碧水东流，一路风尘仆仆的江北士人被新奇和惊艳缓和了心中的仓皇感，如同激流行至平滩，缓了下来，慢了下来。

江南温润的山水，不仅抚去了南迁士人的伤痛，天然的屏障还为他们遮去了一襄风雨，让他们忘却了江北的战火和皇权纷争。他们仿佛落入了桃花源，贪婪地徜徉在青山碧水间。

阳春三月下江南，是畅游的期盼，是远游的新奇，但落脚此处又是另一种感叹。回首北望，有家不能回的怅然油然而生，游历和远离毕竟是两种感受。作为一个王朝，在另一片土地上站稳脚跟并不是一件容易的事。春风送暖，燕子归来，回到曾经的庭院建筑家园，而新燕来到，却是另一番景象，选择地址，寻找落脚之地，步步都要慎重。

故土难离，初到江南的士族有一种流离失所的孤寂感，如同在黑暗里行走的旅客，终于找到可以歇脚的旅店，却被告知身后浓黑的夜色里家园已崩塌毁灭，没了回头路的旅程变得格外漫长难耐。天气晴好时还能安慰自己这里山水秀丽，如遇到凄风冷雨，则最难将息，每每临窗独坐，总忍不住遥想，家乡庭院内的大树是否依旧青翠？门前的杏树是否已是满枝硕果？想着想着，悲伤便溢满心胸，即使踏遍满城锦绣也无法抚慰。长此以往，故乡成了一个梦，成了心底不能碰触的伤，只有在明月夜、秋凉时，才会卸下伪装放肆地痛哭一场。

江北的士族无法割舍的故国情和失去家园的伤痛，让他们精神颓废，心情沉重。又因在江南是侨居，被当地士族轻视，原来引以为傲

21

的洛阳语在这里也无法沟通，有一种寄人篱下的感觉，难免顾影自怜，叹惜命运不公。于是每有闲暇时光，他们便相聚在一起，似乎只有如此才能感到一丝熟悉的暖意。

江南天气晴好，失了魂的江北士人相约到城外长江边的新亭饮宴，与往常一般饮酒观景，畅谈时政，清谈玄理。周顗突然悲叹道："风景不殊，举目有江河之异！"风景不变，江山已变，故国不堪回首月明中，问君能有几多愁？恰似一江春水向东流。悲伤早就浸入他们的骨子里，只要一滴水便能激起千层浪。在座的士人们闻言纷纷落泪痛哭，一向宽厚忍让的王导却沉了脸。不能抵敌保国，不能北伐复国，对待南方士族不能宽容，只会在这里伤春悲秋地哭泣，岂是大丈夫所为？他拍案而起，喝道："当共戮力王室，克复神州，何至作楚囚相对泣邪！"一语喝醒梦中人。悲伤难过对于既成的事实无济于事，专心去做一件事可以使人忘却心底的伤痛，将这些难以放下的故国情怀化为北伐之力。

谢安在东山逍遥畅游，姿态也好，拿势也罢，都让时人无可指摘。谢安其人，若是要稳，便稳若磐石；若放浪形骸，洒脱行事，便活脱儿一个魏晋名士的模样。那时，他也许存着报国之心，但始终认为家族的发展和延续应以平稳守中为准，只怕他也未曾想到，后世子弟济济一堂，名满天下，便是自己的侄女也同样如星辰般闪耀。

有人一生爱游却不得不守一方家园，有人喜爱宅在家里，却不得不四处奔波，寻找一片安家之所。琅玡王导为家族丢弃雄霸天下的王敦，陈郡谢安为家族放弃隐逸之志。人之一生，有所为有所不为，只要得其所，青山绿水自在心底，磅礴泥丸也是江南最好春景。

安稳的生活让士人们渐渐落地生根，重拾旧时风采。江北的第二代士族也已渐渐走上政坛，对于战乱，他们的伤痛少于上一辈，他们已融入江南的山水中，衣着华丽，风度翩翩，与这景色一样绮丽。

谢道韫出生时东晋已立国二十余载，初时的混乱和士族们的争斗已渐趋平稳，迁至江南的各士族均爱会稽的风景，认为此处山水绝佳，所以多居于此，谢氏也同样在此建立了自己的庄园。一切似乎恢复了江北时的模样，甚至比江北时更加广阔华丽。

始宁别墅还未建成，谢道韫还是牙牙学语的稚子，究竟处于剡县还是乌衣巷，史料中没有更多的记载。唯有沿着桂花满坡的山阴道，或踏着热闹繁华的金陵城找寻她留下的芳踪，曾经四季分明的江北的家族庭院已只是她阿母或阿婆口中的回忆了。

陈郡阳夏是今天的河南省太康县，地处中原腹地，没有群山环抱，唯有一马平川的沃野，清澈的涡河从城中穿过，谢缵便出生在这里。他后来长驻长安任职，晚年寓居洛阳，逝世后归故土安葬。从此，士族门阀里便有了一个新的家族——陈郡谢氏。

谢道韫终其一生也未能看一眼祖辈口中的陈郡阳夏是什么模样，虽背负着陈郡谢氏的名头，对于他们这些南渡后才出生的小辈而言，心中的故土只是那东山上的一株金桂，乌衣巷口的一抹斜阳。

"洛阳春日最繁华，红绿荫中十万家。"江北对于谢道韫来说也是一个梦，是一个遥远且只闻名却未曾谋面的梦。"容与乎阳林，流眄乎洛川"，洛水之畔是否真的有翩若惊鸿、宛若游龙的伊人？不能回归原籍的遗憾，她从书中、诗中和老人们的传说中点点滴滴地窥见。洛川清碧如缎，伊水山中流，伊阙相对开，清水北流，山木葱郁，山涧的鸟鸣婉转，白马寺的钟声悠远，声声叩响半个洛阳城，传至深宅后院，落入不谙世事的少女们的耳中，古朴中蕴含着凝重。彼时这些少女做梦也不曾想到，这安稳美好的生活会突然被战火葬送。诗书中的深意至此方有一丝触动，花蝶相嬉的欢乐多了一分不曾有的思量。

金谷园内当年是何种风景？若溪水能回溯，清泉石上流该是何等的灵动，惊才绝艳的金谷二十四友又是何等的风流蕴藉。香山是否已是香气动人？庭院内是否有采回来的香葛香气四溢？若战火不兴，太平盛世时，洛阳该是一种怎样的繁华喧闹啊。祖籍阳夏的太康陵究竟是怎样的一种古意？是否有槐树立于旁，春来杏花开遍，秋来柿子金黄，冬日冰凌晶莹。不入其境便难领会其景，如若有朝一日中土统一，定要将这些一一踏遍。可惜这期望不过是梦一场，直至东晋灭亡，北伐也未能成功，统一大业终未能完成。而曾经侨迁至江南的旧人均已作古，谁还曾记得祖籍旧宅的风光？那里的一砖一瓦已渐渐湮灭在历史的烟尘中。

她不曾见过战火燎原，不知逃离侨迁之路的艰辛，没有经历过立国的艰难、选址的凌乱。自出生起，她过的便是富庶而安逸的生活，见到的均是与叔父来往的士族高门，个个白衣翩翩、宽衣博带、洒脱率性、跌宕风流，清谈长啸于山林间。山间的青竹给了谢道韫灵骨，叔伯兄弟们给了她温润的情怀，来往的风流士人带给她才情和梦想。

谢道韫足下蹑双履，头上玳瑁光，正是不识人间愁滋味、为赋新词强说愁的年岁，在溪水旁踏青游玩，花团锦簇，轻语笑妍，眼波盈盈，眉如远山黛，举手投足间自有爽朗风气。纵是将来傲骨铮铮，儿时也一样会调皮捣乱，也会是阿娘怀中的娇女。她在江南的山水间愉快地生长着，如同谢家庄园内的春笋，一夜春雨便露出尖尖角，娇嫩而秀挺，秉承了谢家的风流才华和卓越风姿。

也许她还曾在东山为斗草四处找寻可以胜利的草柄，满面通红，粉额微汗，灵动的双眸里满满都是顽皮神色，有可能还会冲团子般跟在姐姐身后的谢玄喝一声："快来，不然，阿娘不要你。"引得谢玄迈开小肉腿边跑边哭。经过小溪边，看见王谢两家的大人在清谈玄论，饮酒赋诗，还望见一脸不屑的小小王献之和一脸端庄的王凝之。

目光自这些人脸上滑过，最后落到叔父谢安的身上。在她小小的心中，叔父是和东山一般高大巍峨的存在，一言一行都有仲山甫般的宽博雅量，是她学习和膜拜的典范。她喜欢停下脚步远远地听他与旁

25

人侃侃而谈，细细揣摩，自己虽不是男儿身，却不愿意只做一个娇滴滴的贵女，谢氏家门的雅量气度要传承下去。

那时，谢道韫和王凝之都是小童，隔着层层人群和曲折的流水相视，不过是轻描淡写的一望，对方都是众多孩童中的一个，虽然小小年纪，但已深得家风教育。个个少年老成，以一种成年人的姿态秀挺而立，小嘴紧抿着，只怕落个稚子之名，可爱而又可笑地端着。

谢道韫侧耳倾听，为能听到高水平的辩论而微笑。她未曾想到，曲水那端，神色庄重的小小少年王凝之会是她那个执子之手、与子偕老的夫君。如若那时她便知道未来的一切，会不会停下脚步多看那个小少年一眼？会不会告诉他，五斗米教不可信，将来一定不要去信，能救自己的不是仙家神人，只有你自己。能不能像教导谢玄那般指点他多学习一下他父亲王羲之的神韵，或者学学自己叔父谢安的气度学识，不要如老儒一般老气横秋、了无意趣？

王凝之也不曾想到，对面走过的女童是自己将来的妻子，会随他四处奔波，被他拖入战争的血雨腥风。他也不曾想到，在家族最需要他的时候，自己却不能给予她和子孙一丝一毫的保护。若早知如此，他会不会改变自己最初的想法，抛弃五斗米教，做人做事更加率直、洒脱一些？如此，即便不能给她一世长安，至少也能留给她一份美好的回忆。

然而，他们均无从知道命运的安排，就那样懵懂地交错着走开。

于他们而言，那只是人世间随意的一瞥，没有一见钟情，内心平淡无波，对方与平常相见之人并无不同。暖风吹过，牵扯衣裙，谁家陌上少年，恰逢佳人如斯。

世间一切皆是有缘，只因为有起因，所以有结果。开始的那一天无人知晓，只有落幕的那一天，才惊觉原来命运之轮早已开启，在不知不觉中轰轰而来，只是一直无人听到它的巨响。就如同初春之至，还未曾从寒风中感到暖意，一觉醒来便已是满庭花木。

若无西晋的日落长河，王导是不是还能左右一个王朝的命运？还有没有"王与马，共天下"之说？若无西晋的穷途末路，谢安还会不会携妓游东山？还会不会与琅玡王氏在永和九年春于会稽修禊？还会不会后来为侄女选婿时不知挑王家哪位少年好？偏偏西晋走入了穷途末路，北边半壁江山战乱频繁，原来是北方三流士族的王谢两家，南迁后大放异彩，一跃成为顶级门阀。看似只是政治潮流，却左右了无数人的命运。其中一条属于谢道韫的命运之线，也许从永嘉之乱便开始被系上，汹涌而来，将这个不知北方故居是何模样的小姑娘层层淹没，直至年华如花般绽放后，走向属于她的归宿。

如若命运之轮不如此安排，陈郡谢氏未曾去过江南，便不会遇到王凝之，那又会遇到谁呢？人生如若早已参透，知道命运的门开向哪里，这一世又将如何选择？

人生大幕拉开，各色人物上场，前途无从得知，你所能做的便是做好自己。谢道韫并不因自己出身显贵而逍遥无为，也不因为自己是女儿身而轻抛岁月。不论是年少时的学习，还是中年后的战祸，当无法改变命运之轮时，她依靠的不是娘家谢氏的名望，不是夫家王氏的豪门巨富，而是自己的一腔才气、胆气和骨气，是如同竹林七贤般透出的浩然正气，凛然不可欺。

4. 雅道相传

"谢氏自晋以降，雅道相传。"《南史》一句话，成就陈郡谢氏家族千百年来的盛名，自东晋至南朝，家族地位长期不堕，人才层出不穷，个个怀瑾握瑜，琳琅满目，珠玉在侧。能有如此之致的家族，如何不让人感叹赞赏。

自西晋到南朝，几百年间政局不稳、朝局动荡，不仅未曾使谢氏家族没落，反而促使它生长得越发茁壮。江北时还是三流之家、新出门户，至东晋时已升至顶级门阀、当朝之中枢。后经风沐雨，几经王朝更迭，依旧屹立江左不倒、冠冕不绝。半部《晋书》难描其风采，风头之劲谁与匹比？

家传是什么，便收获什么，能把财富、官运、家风、家教传承百年，可见谢氏治家之严谨、教育之成功。

陈郡谢氏自江北迁至江左后，长成一片锦绣，郁郁葱葱，俨然已能覆盖东晋半边天下。如此滔滔之势，应如宝剑出鞘、寒光耀眼，偏偏如同春日雨，绵绵而来，温润了江南，浸透了水乡，在你沉眠的时候随风潜入夜，待到仔细看，江南已是处处春。

谢道韫来到这滚滚红尘之中，便定格在时代的牢笼中，注定此生或在庭院高墙内默默一生，或在战乱中流离失所。所幸她是一个富家贵女，不必为生计发愁；所幸她嫁的也是一个高富帅，婚后同样不必为生计所累。当江北战火燎原、生存艰难，江南政权动荡、无人整饬民生时，她所苦闷的却是丈夫的迂腐。

有人生来锦衣玉带"却笑金笼是羁绊"；有人落拓不羁却有一腔凌云志。世间不如意事十之八九，人生并非一路坦途，出身亦无法改变，握在手中的不过是短短数十年光阴，何谓成功，何谓失败，内心深处的湖水如何才能平静无波，便是看你如何看待此生，一生所求为何了。

如若仅是家族豪富，谢道韫也算不得太幸运，但她是出生在赫赫有名的谢氏家族，在文学和艺术上有着卓越的成就，几百年间子弟们卓越之辈众多，且在文学和艺术上影响巨大，用珠玉满堂来描述也不为过。更何况谢家家风严谨，子弟日常行为自有一种风骨在，这些岂是一般的富豪之家可以媲美的？生于此家，即使不是那堂前的芝兰玉树，也会熏染上林间香气。

谢家自魏晋以来渐渐走向政治权力中心。谢安东山夜游时，谢家的其他子弟已在朝中支撑着整个家族的运转。在谢缵这个谢家的开创者之后，他的孙子谢鲲将谢家推向另一条道路。谢鲲放达的性格和当时整个社会的风气促使他由儒改玄，将自己少年时学到的儒家经典和玄学融会贯通，自成风格，由此被世人列为"八达"之一，一时名满天下。如果说谢缵是给谢家盖了房子，那么谢鲲便将之改造成了别墅，而谢安则是将别墅装满了珠宝。

宁康元年，一心想得到东晋王权的桓温引大军围在了建康城外。为得到权势，他想砍杀几个朝中重臣以震慑朝堂，于是在新亭埋伏了兵士，下令召见谢安和王坦之。满朝文武已失了主张，桓温的司马昭之心昭然若揭，一时间人心浮动，满京黑云压顶，人人自危。王坦之惶恐无主，询问谢安该如何。

淡然是谢安的常态，不论对面是高山悬崖斧削四壁还是犬牙交错，这一步终要迈出，便是踏上断头台，也要如嵇康般抚琴一曲，淡然而从容。他告诉王坦之，晋之存亡在此一行。明知山有虎、偏向虎山行是何等的孤勇！

戏文上的英雄总让人赞叹感慨，随之升起蓬勃的英勇之气，但这世上面对生死依旧淡然以对的又有几人？褒衣博带、白袍如莲的谢安便这样从容而去，生死早已被他抛到身后，刀山火海也不过是平常。王坦之站在埋伏了刀斧手的大帐中汗流浃背，谢安却神色坦然，随意地指着帐后的人影幢幢问道："我听说诸侯有道，守卫在四邻，明公何须在墙壁后安置人手呢？"

这是一个讲风骨的时代，一个讲风度的王朝，身体可以倒下，气魄永不能坍塌。本要立威的桓温到底是没敢下手。有这样的臣子，有这样的世家门阀，代表着江南部分士族的利益和方向，架好的刀剑终被收去，预期中的刀光剑影没有来。走出桓温大帐，谢安长出一口气，此躯捐国又何妨？但他身后是整个东晋王朝，门阀士族可以随波逐流，

31

王朝更迭却是国之根本，玄学虽是主流，儒家的忠义却不能抛弃。

立于山崖峭壁之端远眺的谢安眼神坚定，忠义孝悌是立身之根本，不论平素多么风流蕴藉，大是大非面前也容不得半点含糊，国便是国，家便是家，谁要践踏，便先从我身上踏过。不慷慨激昂，不软弱流涕，如春风化雨，润万物于无声，谢安给予我们的永远是如沐春风的感觉。他不曾想到，短短几十年后，他最欣赏的侄女谢道韫遇到了与他相同的际遇，做出了同样的选择，生死面前凛然不惧。如此风骨，是一种延续，也是一种传承，如何不让人感慨至今。

东山葳蕤的青苍，山阴道上夹路的芳菲，乌衣巷内的青石板，秦淮河上的朱雀桥，千年以来，谢家留下的痕迹渐消，踏过每一处遗迹，风雨的洗刷、历史的变迁早已让人无法触摸当初的一鳞半爪。每逢春至燕来，便会想到王谢庭院，会念到山阴小道，青山郁郁，云霭弥漫，这里谢安曾来过。

谢安是谢氏家族盛装出行的功臣，淝水之战一役击退前秦百万大军，力挽狂澜，保住东晋几十年的江左基业。他风神秀彻、沉静机敏、雅量豁然，是千百年来的风流宰相第一人，风流蕴藉世无双。

东晋这样一个政权混乱的王朝却有一种别的封建王朝所没有的开放习气，对待女子也相对其他朝代较为宽松。门阀世家很重视家教，出门在外的言谈举止、待人接物的种种表现都体现着世家的家风。虽然有国子学和太学，但门阀世家一般是以家族教育为主，谢安时，这个教育的任务便落在了他这个一家之主的身上。

当谢氏的其他人承载着整个家族的繁荣任务时，谢安肩负的便是子弟们的教育工作。他无疑是成功的，在他的影响下，以谢玄为首的一代子弟延续了谢氏家族的繁荣，并将其推向了顶峰。

刘夫人曾问过谢安，别的世家子弟都在学习受教，咱们家你也承担着教育的职责，为何不见你有所行动呢？谢安笑着回答，我一直在教育呀。日常的行为便是一种师风，身教高于言传，谢安不是生硬地读经讲史，不让子侄们博闻强记，而用自己的一言一行来教育。

自小的眼界和见识决定了谢道韫的风度和风骨，目睹了伯父叔父们的博学多才，感受到兄弟们的才气逼人、龙章凤姿，使得她也成了雅道相传中的一位，为陈郡谢氏风华添了一抹锦色。

隆冬一日，谢道韫还是扎着总角的小姑娘，谢安聚子弟们于庭内围炉煮酒、吟诗作赋，抬头忽见窗外飞雪纷扬，一时兴起，便要求满屋的小娃娃们来形容一下飞扬的雪花。谢朗回答："撒盐空中差可拟。"谢道韫思量后回答："未若柳絮因风起。"一句成就千古名，自此"咏絮之才"便成为女子有才情的代名词，后世启蒙经典《三字经》中有一句："蔡文姬，能辨琴。谢道韫，能咏吟。"可见其影响之广。

飞雪翩然，柳絮纷纷，都有着同样的洁白无瑕、空灵飘逸。那种灵气和姿态的糅合，正如幼年的谢道韫，聪慧灵敏，如若满室珍宝中带着水汽的一颗灵珠，静静地立于一隅，在那个女子不能出仕的时代里静静地绽放，幽幽香气溢满庭堂。

谢安本人才艺出众，善行书，通音乐，性情娴雅温和，处事清明公允，在子侄面前处处规范自身行为，以求言传身教。后来他虽不得不出仕，以保谢氏之地位，但在朝政上他不专权、不徇私，不居功自傲，玄儒互补以治国，顾全大局以全国家利益，被后世名家称赞有雅量、有胆识，几近"完人"。有这样一位叔父兼老师来教导谢道韫和兄弟们，何愁家风会不正，子弟们会不优秀？

谢安喜欢从日常的询问中来了解子侄们的心态，从而加以引导指正。一日，他状似随意地询问子侄们："《诗经》中你们认为哪一句最佳？"谢玄想了想回答："昔我往矣，杨柳依依；今我来思，雨雪霏霏。"即便是将来一手组建北府兵，渫血满袖收复中原诸地的猛将，内心深处也有柔情的一面。诗句中的悲情深深埋在他幼小的心里，同情弱者，感叹战争之残酷。他哪里知道，成年后他也会奔赴战场，以先锋的身份对抗苻坚八十万大军，淝水大捷后，他又一路北上，开始为收复中原浴血奋战，穷其一生都在战火狼烟中度过；中年重病时方解甲归家，回到始宁庄园。冥冥中是否有预示？当谢玄上书要求解去军权回家时，家中兄弟七人除他外皆凋零殒灭。北伐还未成功，国家还未统一，兄弟们已仙去，自己也是一身病痛，彼时的谢玄内心深处是不是也是漫天的大雪？回想少年初出征时的意气风发，正如春暖之时的翠柳青杨，比照如今英雄暮年和壮志未酬的悲愤，他是否还能记起，儿时绿意晕染的厅堂内叔父的问题和自己的回答？当年叔父是如何品评他的回答的？

谢安没想到，自己最喜爱的侄子对于《诗经》的理解竟是这两句，心中涌动的是一丝担忧。重情重义固然重要，但太过敏感便容易走上狭路，更何况这是他寄予了厚重期望的侄儿，聪慧敏锐，前途不可限量，是将来注定要接他的班、肩承谢氏一族兴旺重任的继承人，当如鸿鹄翔千里，当志存高远虚怀若谷，当宠辱不惊。深思之后，谢安告诉他："'讦谟定命，远猷辰告。'这句更有雅人深致。"谆谆教导，拳拳之心，可见一斑。

同样的问题到了谢道韫这里却是另一种答案，她选择的是："吉甫作颂，穆如清风。仲山甫永怀，以慰其心。"此句是赞美中华诗祖尹吉甫的，称他和美如清风化雨滋养万物，所以要永远怀念他，以此安慰他的心。谢安同样没想到，小小的侄女表现出来的竟是朗朗的男儿情怀，意外之后便是欣慰。他含笑点头，连连感叹，小小年纪如此思想，人品不俗，将来必是高雅之人，不愧是我们谢氏的孩子。相对于弟弟的心思敏感，谢道韫的心胸更加疏朗。若谢玄是那庭外秀挺的杨树，谢道韫便是寒冬绽放的梅，淡然而坚定，冰雪凝成的肌骨，风霜磨砺的风韵，如同她这个人，纵然人生际遇坎坷，依旧不影响她傲然挺立。

看得到开始却猜不到结局，子侄们人生的终幕是谢安不曾想到的。生在谢家的女儿，不需要为生计奔波，也不会经历战场上的烽火狼烟，她们只需要过好自己的小日子，教导好下一辈儿孙即可，至于家族的兴旺、朝廷中的担当，自有谢氏男儿们去承担。女儿们就是谢氏这座大山上的灵芝草，小心珍贵地娇养着、教导着就好，也不需要被嫁入皇家来稳固家族的地位，她们只需要嫁入同样的门阀世家，成为另一个世家大族延续血脉的一员。谢安不曾想到，自己这个不小心由一棵深山灵芝长成峰间松柏的侄女，同样经历了血雨腥风、生死别离。

仅是自家的学识还不足以让子侄们全面地成长，不了解时事政事，不了解人情世故，便是学富五车也寸步难行。谢安的教育是两个方面的，一方面在家庭内部常与子侄们讨论学识，另一方面便是常常让子侄们参加各种名士的聚会，常邀请博学名流来自己家清谈，评鉴时事，谈古论今，争辩求证。每逢这种聚会，他不仅让子侄在一旁观看，还让小小年纪的他们加入讨论中，并不以他们年少便轻视他们。这样的氛围对于子侄学识的提升大有裨益。

谢道韫的堂兄谢朗年幼时便才思敏捷、聪慧博学，小小年纪便能和许多名士清谈，辩论玄理。那日，他生病方愈，名僧支道林来访谢安，谢朗也加入了辩论中。支道林没有想到，自己堂堂一代名僧竟会输给一个小孩子，一时兴起，怎么也不愿意停下来，偏偏一时又赢不了小小的谢朗，便不许谢朗离开，一直争辩下去。谢朗的母亲王夫人心疼儿子，便亲自寻到堂上，哭着述说丈夫早逝，膝下只余一孩儿，还指望着他长大成才，把孩子抱走了。本是很尴尬的场面，谢安却被感动，称赞嫂嫂是真性情的人，是该被记入史册的。小小年纪的谢朗可以和一代名僧支道林进行辩论，无论是学识和辩才都可见一斑。由此可见谢安教育方式的开阔大气，他给予了子侄们肥沃而丰厚的学习土壤，将他们培育得个个如山间翠竹般挺拔，能撑起谢氏一片天。

品质高洁，处世清醒，是谢氏对于后辈子弟的要求。素退的行事准则使谢氏子弟们处世时少了几分凌厉，多了一些温润。但他们不是苇草，不会随风而倒，不为强势而折，柔韧而坚强，不论是平安稳定的顺境，还是群狼环伺的险境，他们均从容以对，不焦不躁，韬晦自处，如幽谷之兰，隐在谢氏之庭院，暗香如故，芳华秀挺而又不哗众取宠。

5. 谢庭兰玉

　　一部《世说新语》，多少风流子弟，魏晋的风骨、风流、风度都囊括其中。抚过青砖碧瓦，拨开江南温润的雨帘，轻易便能找寻到谢氏子弟留下的踪迹，一个个风华绝代的锦绣人物风流余韵绵延至隋唐。

　　谢安教育的成功，仅在谢道韫和谢玄姐弟两人身上便得到了充分的体现，而他们只是这一辈谢氏子弟中的个例而已。谢氏门庭的辉煌不是靠某一个体的成功便可以达到的，谢氏的成功是由于他们层出不穷的人才，琳琅满目如满箱珠玉，镶嵌在两晋南朝几百年的王朝大厦之上，璀璨夺目。

　　相比于其他家族的权倾天下，谢氏出众的不仅是左右了东晋王朝的命运，还有出众的文学、诗歌、军事上的成就。严谨的家风，温润的行事风格，素退的政治作风，使得陈郡谢氏在风雨飘摇的魏晋南北朝时期不仅没有被埋没，反而大放异彩。

　　江南还未迎来北方的乔迁之客，西晋王朝还在风雨飘摇中时，谢氏不过是一个三流的士族之家。谢道韫的先祖谢缵也不过是曹魏的典农中郎将，至下一代，谢衡官至三品，成为一代硕儒，陈郡谢氏渐渐崭露头角，虽尚未成为一朝栋梁，但已可见蔚然之势。

没人能预见未来，那时谁能想到，谢氏在东晋王朝会成为中流砥柱，在政治大潮中一肩挑起整个东晋王朝。无论政局如何变化，权臣巨阀如何翻云覆雨，谢氏子弟，尤其是一代风流宰相谢安，都稳若磐石，带着独有的清醒和沉稳果断维持着江左的平稳，也将谢氏一族真正推到了当轴门阀的位置上，一时间权倾朝野，风流蕴藉无人可比。

如若当初诸葛恢知道谢氏会有这样的地位和名望，不知道会不会改变初衷，同意幼女诸葛文熊和谢石的婚事，也不至于让二人直至他逝去后才完婚。诸葛世家是江左高门，如谢家这般的三流之族根本不入他的眼，与他们有婚姻关系是一种耻辱。然而，随着诸葛恢的去世，诸葛氏开始式微，陈郡谢氏则从一众士族中脱颖而出，直和琅玡王氏比肩，一时冠绝当朝，谢家子弟自然也能与诸葛家女子相配了。

陈郡谢氏最初被记录在史册的是谢道韫的高祖父、曹魏时期的典农中郎将谢缵。他的儿子谢衡是笃守传统的儒宗大家，是谢安的祖父、谢道韫的曾祖。他曾掌管洛阳太学，学识渊博。际遇弄人，时代的洪流左右着世人命运，融入便如鱼得水，落于潮后便显得格格不入。谢衡便是如此，他所处之时儒学已渐被玄学所取代，士人们多习老、庄，追求放达任性，推崇元康名士的率性习气。如此风气，谢衡便是学富五车，人人认可他为一代硕儒，也无法在朝野中声名鹊起，得到一流士族门阀的重视。

与谢衡相反，他的儿子谢鲲行事风格与父亲完全不同，虽然同样才高八斗，却不徇功名，喜爱清谈、弹琴和啸歌，为人放达从容，曾险些被司马乂当众鞭打，却一言不发，解衣承受，后发现冤枉被赦免，也只是淡然而笑，既不欢喜雀跃也不曾怨怼，雅量豁然，为士人所敬重。他这种旷达的个性对于谢氏后世子弟的影响很大，谢尚、谢安皆是如此个性。谢鲲一生官职不高却名满天下，与父亲相比，皆因习的是玄学，也使得谢氏终于进入名士行列，被誉为"朝廷之望"。

谢鲲一生风流蕴藉，与他相比，弟弟谢裒便平淡了许多，但是对于谢氏整个家族来说，他的作为更加直接有效。他在永嘉南渡前便跟随了东晋开国皇帝司马睿，还很正确地选择了追随他南渡，在马司睿艰难立朝时坚定地选择了站在他的身侧，虽不如王导那般大气磅礴地指挥王朝巨轮的方向，却是东晋开国所需的重要基石之一，自然被司马睿倚重。这段经历为谢氏在江左得到一席之地起了决定性作用。他对于谢氏的贡献还有更重要的一个，便是生了谢奕、谢安等几个儿子。他们个个钟灵毓秀、风姿秀逸，如同春风吹过江南之岸，一夜间吹醒了谢氏家族，绿透了半壁山河。

虽然后来有谢安的推动，谢氏才一跃成为当轴士族，和琅玡王氏并肩而立，风头之劲一时无人能比。但在此之前，还有一位人物也决定了谢氏命运，他便是谢安的堂兄、谢道韫的伯父谢尚。谢尚同样少时便名声大作，同父亲谢鲲一样行为洒脱、不拘小节，深受王导喜爱。一次宴会上，王导要他跳鸲鹆舞，他当即起身舞蹈，从容自若，如入无人之境，丝毫不为声名所累，通达率直。他在豫州任刺史十二年，使陈郡谢氏得以列为方镇，奠定了谢氏的武力基础，谢家这才算在朝廷上站稳脚跟。有文采飞扬，又有军权稳固，谢氏家族的地位得以快速提升。

在前人的铺垫下，谢安初时得以逍遥东山，专心教育子侄，直至四十多岁方出山入仕，接过承担谢氏一族在朝堂支撑的重任，始出山便挫败了桓温篡权之图谋，刀斧满帐依然从容以对，硬是逼着桓温一生也未能谋反，保全了东晋皇权的稳定。此后，他和子侄们又一起主持了一场彪炳史册的战役——淝水之战。

这一场由谢安主导、谢氏三位子弟指挥的战役，以八万兵力击败了前秦八十余万大军的进攻。前秦此后一蹶不振，两年后政权覆灭，江北的统一被打破，再次陷入战乱，给了一直在动荡中奔波的东晋以喘息的机会，东晋国祚得以延续。此役胜利，举国欢庆，谢安和子侄们同日封公，显贵无比。陈郡谢氏自此名扬天下，踏入一流门阀的大门，站到了东晋的顶峰，与琅玡王氏比肩而立，挥麈间指点江山。

这一场战役被后世倾慕者一再传颂，不仅是因为它以少胜多，更重要的是谢安对待战事的从容气魄、运筹帷幄的镇定自若。大军逼近，举国震动，唯有一人不动如山，他满怀信心对王献之说："可将当轴，了其此处。"他沉稳的态度给了整个朝野以信心。然而也有不信的，桓冲就忧心忡忡地拨了三千精兵给谢安，用以防卫京畿，被谢安退回，称三千人不足以为损益。一场旷世之战终于在淝水展开，投鞭断流的前秦大军很快溃不成军。捷报传至京城，谢安正与友人下棋，看过捷

41

报，谢安不动声色，继续思考棋局，直至友人急急发问才不慌不忙地回答："小儿辈大破贼。"从开战初至大战胜利，谢安如同局外之人，淡然而观，不焦不躁，不喜不怒，将名士风流演绎到极致。

谢安所修的不是空洞的清谈，而是一种外在的沉稳和内在的修养，有容人之雅量，有满腹的才华，有处惊不变的气度。建功立业，又不为功利所累，有经世治国之雄才，又要有文采风流之雅量。他的成功正是因为做到常人无法企及的高度，以至后辈文人望之兴叹，感慨难望其项背。

有了谢安的光彩照人，谢氏后世子弟纷纷效仿，其中佼佼者是其侄谢玄，谢道韫的弟弟。谢玄在东晋糜烂的政治氛围中亲手组建了纪律严明、能征善战的北府兵，以先锋身份几次北伐，终其一生为东晋的统一而呕心沥血。他是叔父谢安衣钵的继承者，是谢家光彩照人的明珠。

谢氏由谢衡小荷才露尖尖角，到谢玄一辈时已是十步之泽必有芳草的繁茂。谢道韫曾对叔父说过自己家出众的人才中，除了几位叔父，平辈中有"封胡羯末"，分别是谢韶、谢朗、谢玄、谢琰，可见谢氏人才济济，不愧被人称作诗酒风流之家。更远的还有谢玄之孙谢灵运，扩建始宁庄园，开创了新的诗歌流派山水诗。其他名气稍逊的，在当时也是朝堂之上的柱梁、门阀世家中的领军人。

更难能可贵的是陈郡谢氏的子孙均以谢安为榜样，处世温和，待人宽厚，不以势欺人，不以权谋私，行素退之风，做谦谦君子，方使得谢氏的一门珠玉个个烁烁生辉，被人称颂。

谢道韫生于谢家、长于谢家，成年后嫁与琅玡王家，岂能用幸福两字来形容？这么顺遂的人生路，不知染红了多少人的双眼。看看她的头衔，便知谢氏子弟有多么让人骄傲：宰相谢安的侄女，安西将军谢奕的女儿，淝水之战取得大捷的车骑将军谢玄之姐，著名书法家王羲之的儿媳，江州刺史王凝之的妻子，名士王献之、王徽之的嫂子。头衔如此之多，而且她本人也被称作有咏絮之才、林下之风的一代才女。她深受叔父谢安的影响，举手投足均以叔父为榜样，行事亦沉稳有度，在男性为尊的时代，依然能将名字灿然地镌刻在史柱上，非出众的才华和惊人的事迹所不能达到。

谢道韫是个才女，一出生便是贵女，少时便能吟诵出"未若柳絮因风起"而被赞有咏絮之才。她喜爱文学，并常常要求自己多学习，平素的气质十分符合当时名士的要求，如若不是女儿身，必是安邦定国的济世之人才。

在女子不能出仕的时代，没有支撑家族的压力，女子只要相夫教子、安守一室便好，至于学识才气，东晋时虽然门阀世家为了家教和门风的延续，要求女子们日常也要学习，但对她们的要求终归不如对男子苛刻。谢道韫独能出类拔萃，在众多贵女中脱颖而出，皆因才气和气度出众。

陈郡谢氏子弟个个如东山竹，又如隔岸莲，亭亭玉立，不蔓不枝，有着逼人的才气，又有手握秋水长剑的侠气。别家星子是时有闪烁，谢氏却是一条星河，明亮灿烂不知其数。徜徉在星河中的谢道韫别有一种骄傲和自我约束，她庆幸有这样显赫的家世，有那么多博学多才的长辈和才华横溢的兄弟姐妹，他们学识过人又风趣幽默，为人风流倜傥，行事做派坦坦荡荡。在这样的环境中，诸多良师益友处于一室，长此以往，怎么会不深受感染？难怪后人评述："王右军书如谢家子弟，纵复不端正者，爽爽有一种风气。"谢家即便是无法与谢安、谢玄、谢道韫之流相比的稍逊的子弟，也自有一种风度。

辛弃疾曾在《沁园春·灵山斋庵赋时筑偃湖未成》中赞叹道："争先见面重重，看爽气朝来三数峰。似谢家子弟，衣冠磊落；相如庭户，车骑雍容。我觉其间，雄深雅健，如对文章太史公。新堤路，问偃湖何日，烟雨蒙蒙。"江南已是几度春，谢家门庭不知修葺了多少次，门外的海棠树不知枯荣了多少次，门内门外也不知换了多少张面孔，看过多少朝如青丝暮成雪，终渐渐消逝在历史长河中，唯留暗香一段，引无数风流人物遐想追思。

集腋成裘，聚沙成塔，每份成功都不是一蹴而就，多少代人的努力和拼搏才换来一世荣光。谢氏自起家开始便将各色宝树植于庭中，精心培养，小心教导，终成栋梁。乌衣巷早已没了旧时模样，那些烁古耀今的谢家宝树已由庭院移入了史册，依旧亭亭如盖，熠熠生辉。

第二章

只愿君心似我心

1. 谢家娇女

绿梅凋零了最后一朵梅瓣，寒冷的冬日无声退场，缤纷的春天接踵而至，千里莺啼绿映红，堤岸上的细柳开始泛出淡淡的黄绿色，西晋王朝所留下的痕迹如雪上爪印般随着春水东逝，新的王朝正轻雷般滚滚而来。

风雨飘摇二十载，流星般划过的西晋王朝已渐行渐远，所有的伤痛如同天边掠过的羽痕，无从追忆。士族们慢慢地沉淀下来，江山代有新人出，经历过战火洗礼的第一代侨居士族已渐渐老去，新一代正在逐渐成长壮大。他们出生即在这里，血肉已融入这片土地，已是江南的一部分。

谢道韫是乔迁后的第三代子弟，随着江南的暖风出生，伴着如雾如烟的江南春雨长成玉雪可爱的小姑娘，不谙世事，清嫩得好似窗外才冒出尖尖角的花骨朵儿。清风吹过，帷幔上的玉钩随风叮当作响，好似小女儿清脆的笑声。

始宁庄园还未建成，谢安还在东山上过着隐逸的生活，陈郡谢氏

46

正由一个默默无闻的三流士族渐渐上升，一切显得那样沉稳。彼时东山的庄园还没有始宁庄园的阔大壮丽，但已小有规模，王献之曾形容："从山阴道上行，山川自相映发，使人应接不暇。"谢家的庄园依山而建，顺势而围，果树种类繁多，四季如锦。

夜幕星辰清亮，晚风送来淡淡的树木的清香，错落有致的小院内藤萝高悬，交织着繁茂的花木，还有一架蔷薇，满院融融月色，被抱在阿娘柔软怀抱里的小谢道韫沉沉而眠。如此良辰美景，让人沉醉的夜晚，如同一杯醇酒，还未曾饮下，便已醉意蒙眬。

哥哥们又来捣乱，把秋千架上的绳索弄歪了，踏坏了花圃里才冒出嫩芽的珍奇花草，扯断了迎春花枝抛弃在院内的湖中，弄乱了满池青碧。阿娘轻叹，无奈地让人呼唤他们回来，热热闹闹地挤满了半个院子。小小少年们自觉犯了错，不敢高声语，屏气凝神，小心地围着阿娘看妹妹。小小的、团团的、粉嫩的一个小娃娃，好似冰塑就的筋骨、雪堆的肌肤，好似杏树枝头早发的那朵花蕾，让人不忍碰触。

她是春天早发的一朵花，经历了初春的薄寒，遇上倒春的料峭，依旧在枝头坚定地生存着，迎着初春的第一缕晨曦，收下夜幕里清凉的星光，愉快而柔韧地生长着，不知忧愁，没有烦恼，愉快而轻松。又如同山间的一只小鹿，轻盈地跃进了谢家的庭院，乌黑的双眸秋水般清湛，带着懵懂的目光打量着眼前的一切。

还在襁褓里的谢道韫不知什么是士族，不知什么是名士风度，只知道阿兄们个个调皮可爱，常常引得她发笑，只要有机会，她总是喜欢去扯阿兄们的衣服，把口水吐在上面，听他们皱着细长眉眼不满地惊叫，便含着胖胖的手指憨憨地笑。阿娘是世上最美丽的女子，温柔清丽，她的怀抱如同晴空上浮着的云朵般轻盈柔软，小小谢道韫最喜欢被阿娘抱在怀里，有一种说不清道不明的香气，让人不禁想永远沉睡下去。

阿娘姓阮，是陈留阮氏人。陈留阮氏在汉朝末年已是名门望族，是一个有着建安七子之一、竹林七贤之一的显赫家族。族人阮籍文采风流，气韵生动，年少时博学笃志，酷爱儒家诗书，但又喜老庄，有名士风范，不喜功利，不慕荣华，性情天马行空，崇尚德行高尚者。他一生不肯入仕，仅有的一次也是被迫的，最终还是踏入山林中寻找内心的洒脱，过着桃李春风一杯酒、难得糊涂的纵情生活。

阿娘自幼的家族培育和教养让她有着名士家族女子共同的特性：学识渊博，才情过人。同时她又有着阮家人的特性，心性宽博，随意而率真。谢道韫和兄弟们在阿娘的包容下娇养着，在依山傍水的别墅里悄悄地成长着。

谢道韫的父亲是安西将军谢奕，谢奕在谢氏前辈眼中只怕已是异类。无论他如何率直粗鲁，如何嗜酒如命，他的心底都是温柔而敦厚的。谢安还只有七八岁时，常常跟在哥哥身边，可见谢安的言传身教也是来自家族。谢奕上堂审案，幼弟便在自己的膝上坐着。

从谢奕带幼弟上堂审案之事上可见，谢氏的家族教育是开放式的，对于子弟们的教导渗透在日常生活的点点滴滴中，判案处理政务也任由子弟跟从，使得他们早早便洞察人情世故，分辨是非黑白。

偶有一天，有一老翁有罪，需要处罚。谢奕对于老翁的罪行很生气，但性情与众不同的他处事也格外新颖。鉴于老翁年老体迈，他采取的办法是罚酒，老翁不胜酒力，片刻便满面通红，难以吞咽。谢奕怒气未消，依旧沉着脸喝令他继续。

谢安一直端坐在哥哥怀中，此时露出不忍之色，轻轻扯了扯哥哥的衣角，小声央求，老人家太可怜了，哥哥不要一直这么罚下去了吧？谢奕并未因弟弟年幼而轻视他，面对幼弟乌黑纯净的双眼，再看看面前已是酒力不支的老者，谢奕的怒气消散了。

叹息了一声后，谢奕下令免去了老翁的处罚，命令他不许再犯后，让他离开。谢奕看似粗犷的性格背后，是一颗细腻温和的心。面对无人照料的幼弟，他纵有公务在身也会将幼弟带在身边，甚至抱在怀中，爱护之心彰明较著。他又体贴入微，并不因对方的身份、年龄就心生轻视，而是尊重每个人的想法。谢奕如此，谢安亦如此。正因为有这样的家教，谢氏家族方被后人称为"德素传美""节义流誉"的德门。

如此豪放而又细腻的父亲，对待子女定然不会死板说教，大约也不曾期望儿子们拜相封侯，要求女儿们端坐闺阁。正是因为他看似粗放、实则细腻的管教，没有在作为长女的谢道韫身上强压精神枷锁，谢道韫才有幸和兄弟们一起跟在叔父谢安身边成长，领略当世最风流的人物的风采，在谢安的悉心浇灌下，蔚然成风，郁郁成林。

阿爹、阿娘、叔伯都是开明而豁达之人，谢道韫出则呼吸着山间浓郁的灵气，入则轻嗅着满室暗香。她的兄弟们都是风华正茂、卓尔不群的少年，他们有着锦绣才华，又不沉闷死板，他们会和谢道韫一本正经地清谈不倦，又会调皮地扯扯小妹的小辫子，有意丑化她来逗笑。

东山坡上放飞的纸鸢送走过去的晦气，迎来新一年的好运气。谢道韫已是胖手胖脚跟在哥哥们身后的小丫头，毛茸茸的头发梳着垂鬟分肖髻，声音柔软地呼唤着："阿兄等我。"小女孩的童音被少年们的欢笑声所掩盖，没有人愿意和女孩子一起放纸鸢。儿郎们在山坡上习骑射，英姿勃发。

东晋王朝此时的安静，让士族暂时在江南肥沃的土地中深深扎下根须，各家的子弟们常常聚在一起谈玄说理，女孩子们则在水边采草斗草为乐。谢道韫太小，只能跟在阿娘身旁听姊姊们谈话。三嫂是琅琊王氏家的姑娘，王家的兄弟姐妹们更多。嫂嫂喜爱小姑谢道韫，便抱着她在水边寻到自己的娘家人，引来几个皮猴儿般的孩童，围着谢道韫观看。其中一个好奇地摸了摸她的胖手臂，嘟嘟囔囔地说："谢家妹妹，真好看。"引来长辈一片笑声，其中一个妇人抱过谢道韫，拧了拧她的小脸蛋问："这么漂亮的小姑娘，将来嫁与我家，如何？"谢道韫眨了眨眼睛，面前的伯母很温和，笑容也好看，便用力点点头，清脆地回答："好。"长辈们再次大笑，妇人笑着摸着她的头说："答应了，可不能反悔。"

远远有小儿扬声道："不可，婚姻大事，媒妁之言，岂能轻易许诺。"谢道韫循声望去，看到一旁一个七八岁小童面色郑重地望着她，阳光正好，落在他的眉眼上透着珠玉般的光泽，他的小脸上有着与年龄不符的成熟。大人们哄笑打趣，没有人再关注刚才的问题。谢道韫被人抱着离开了，走了很远，她还能遥遥看见有其他少年来唤那个少年。他扬着眉角，满脸的欢悦，微斜的侧脸上有一抹日光跳跃，好像金子般闪亮。

等谢道韫得知他的名字时，已是很久很久以后。她已自幽静的谷中走出，带着清冷的松脂香气，走向那个少年，开启一世情缘，度她此次的情劫，直到心素如简，波澜不起，求不得的温暖，便不再渴望。

当时，天真烂漫的谢道韫还不解人间愁滋味，没发现长辈们眼神的含义，不知道王谢两家深厚关系背后的千丝万缕，不知道成亲意味着什么。她还只是一个为自己笑、为自己哭的小小娇女，做的最调皮的事便是将墨汁涂抹到哥哥们雪白的衣衫上，看他们又蹦又跳，被长辈们呵斥不端庄。她会哭着去找阿娘告哥哥们的状，因为他们玩的时候让自己离得远一些，因为他们不让她骑他们的小马，不让她扯他们的小弓。

世上最好的是阿娘，只要她哭，便能换来她的抱哄，那柔软的怀抱，散发出清香的衣衫，还有轻柔的每次梦里听到都会笑醒的声音。阿娘会因为她呵斥哥哥们，会因为她哭喂她好吃的糕点，而阿嫂会送她漂亮的荷包，里面装着好闻的香块。

她是谢奕家的小霸王、谢家庭院内的珍宝，她任性、骄傲，因为她是谢家的长女，是第一个长在一群野小子里的娇娇女，琉璃般的小人儿，是阿爹阿娘的心头宝，怕琉璃易碎，只好抱在怀里、含在嘴里，小心翼翼地带在身上，瞪一瞪那一众臭小子，反复告诫要学会爱护妹妹。

极尽宠爱，万般讨喜，谢家的女儿并不比少年差。谢道韫亦是要习文的，她的启蒙老师是自己的阿娘。阿娘是阮家的姑娘，学识非同一般，教导女儿自是得心应手。浅浅吟诵几句诗文，立即便能让阿娘喜笑颜开，感叹不愧是谢家的女儿，说话还不是很清晰便已能跟着阿娘吟诵诗句了，小脑袋摇晃着，有模有样，让人欣慰。

谢道韫在阿爹阿娘的疼爱下恣意地成长，她热爱诗文，热爱清谈，向往竹林七贤，喜爱书法。儿时的岁月过得热闹而充足。

一夜浓睡，清晨醒来看到满院落花，春去夏来，岁月已轻盈地悄然而逝，总觉得此生还长，长大还是一件很遥远的事，不知何时才能像大姐姐们那般身姿婀娜、衣裙翩翩，在庭院中端着缓缓而行。总渴望着一夜间便长成她们那般，浅扫蛾眉，轻提长裙。而岁月悠悠，儿时只觉时光是被拉长的，遍寻不到岁月变迁的模样。

站在庭院的假山石上远眺，谢家别墅雕梁画栋，亭台楼榭，苍山远映，天尽头有云霭升起，别墅后面是无限蔓延的山林，若往那里走去，不知何时会触到尽头，尽头之处是不是有天之柱、地之脚？安静地坐下来，看阳光的针脚从衣裙上跃至树梢，浮光掠影，再缓缓地收拢至群山间，有归鸟成行，炊烟袅袅。

不懂得男女区别的谢道韫也有自己的期待，她喜爱林间野趣、高山流水，羡慕哥哥们打马上山呼啸而过的洒脱，欣赏对人对事淡定从容、风姿秀逸的叔父。如若可以，她也想策马扬鞭，驰骋疆场，领雄兵收复江北之地，回陈郡故籍看一看，站在黄河之畔看豪迈雄浑的河水，临洛水之滨遥思洛神之风姿，方不虚此生。

然而，自己终是女儿身，"堪怜咏絮才"，飘摇不由己，此生付流水，落花逐浪沉。即便是才华横溢，最终的道路也不过是嫁作他人妇，为人妻母，囿于庭院之中，抬头望方寸之天。赏世间万种风景，江湖踏遍，那都是男儿的事。女子少时跟在父母身侧，长大后跟在丈夫身侧，老年后则是跟在儿子身侧，一生命运都系于他人之手，无法挣脱的牢笼隔断了所有的梦想，只余下少年时的记忆，夜听笛声幽咽，忆起当年与叔父兄弟们围坐清谈，恍然如隔世。

不能成为男儿，不能纵横沙场，命运给予谢道韫的是深深的庭院、后山的竹林，还有远山上的皑皑白雪。不能跳出，便放梦想去飞，在诗情画意里畅游。

童年悠然而过，等待谢道韫的是锦绣的少年时代，便是将来荆棘丛生，此时也要欢唱一曲。

2. 豆蔻年华

　　生活就是由无数的碎石组成，搭建在你经过的每条路上。当你选择了其中一条路，各种困难会让你感到痛苦失望，后悔最初的选择，以为另一种选择定然是一帆风顺的，然而你须知另一条路上等待你的依旧是荆棘丛丛。当千山万水都踏遍，躁动的心渐渐平复，万事淡然无求时方了然，原来无数跌跌撞撞中的努力才是最美的回忆。

　　盛夏绽开的芙蓉大朵地浮在碧波之上，东山私苑在谢安的修葺下渐成规模，自山脚顺势而起，沿山而上，由峰侧至谷底，溪流在石隙间跳跃，夹岸遍植果树，桃李杏梨，逢春次第开放，姹紫嫣红分外妖娆。再远一些，临山有湖，湖水湛蓝，倒映着天光，水色如镜，不时有扁舟划过，欸乃一声山水绿。

　　这片私苑引来了满京权贵，或流水侧畔，或溪头山脚，或坐或卧，宽衣博带，袒胸露臂，脱去木屐清水濯足，不一而足。眉目俊朗的士族子弟们纵情恣意，抛下红尘俗事，赏景养性。或有间隙时，一起品评一下京中大事，或权贵的所作所为，以此来判断人品优劣。

直至金乌西沉，暮色四合，方大醉而归，趿着木屐踉踉跄跄而起，心情大好时还会随性舞蹈一番，情绪来了吟唱一曲。明月东升，青山寂寂，山风吹过松林，树叶呼啸如涛声再起，一切终于又归于平寂。

快乐的时光总是被轻抛，昨日还跟在兄长们身后折柳吹笛，今日已长成袅袅婷婷的豆蔻少女。"八岁偷照镜，长眉已能画。十岁去踏青，芙蓉作裙衩。"儿时的岁月，不经意已悄然而逝，曾经的女童长大了，不再是粉嘟嘟的娃娃，而今的她乌发如云，眉目婉转，动静之中自带一股淡然风韵。

若知青春过后便是漫长的烦冗，荒凉了心底的每个幻梦，不如至此时光永驻，停留在最美的年华。但往往不经意间便已落入万丈红尘，待到伤痕累累满心疲惫时，已寻不到来时路。

关上绿格窗，剪了剪烛芯，谢道韫每晚总要翻几卷书才肯睡去。京中大姓之族之间的联系盘根错节，不是你家姑舅就是他家姨叔，各家少年、姑娘有几个，品性如何，长辈们如数家珍，一旦哪家有了什么风吹草动，便如风吹麦浪般滚滚而去。所以她七八岁时那一句"未若柳絮因风起"瞬间轰动京城，也让她声名鹊起。长辈们再见到她的目光就有些不同，即便是以前不常招呼的远房亲戚见了她也都笑眯眯的。这让谢道韫多少有点儿局促。本是屋后一棵海棠，一直悄无声息地成长着，一夜间春回大地，抽出几朵嫩嫩的花苞，便立即满院皆知，她不由得有些盛名之下其实难副的羞涩感。

心底隐蔽的不安像暗夜里的藤，静静地成长，悄悄地缠上她，唯恐有失的担心让谢道韫渐渐少言寡语，在喧闹中安静地聆听和观察，以保持清明的神志。每次和兄弟们齐聚一堂听叔父论文时，她较以前更加谨慎小心，也更加谦虚，对叔父的一言一行更加关注。叔父的雅量风度、举手投足间的风神秀彻，让她高山仰止。

叔父耐心地跟小辈们传道："知足者不以利自累也，审自得者失之而不惧，行修于内者无位而不怍。""大寒既至，霜雪既降，吾是以知松柏之茂也。""内不愧心，外不负俗。交不为利，仕不谋禄。鉴乎古今，涤情荡欲。"有磊落的胸怀，行事才能不卑不亢、行止有度；有厚重的积累，才能胸有成竹；腹有诗书，才能自信从容。有诸于内，行诸于外。唯有修炼好自己的内心，方可达到你想去的彼岸，在暗礁丛林里行走自如，在风雨如晦中坚守自我。

谢道韫开始沉浸在诗书里，沉浸在自己所迫切需要的字里行间中，越深切地去读越发现其中的厚重，心胸也越发开阔。推窗遥见东山青苍，书中的诗句如同山顶掠过的飞鹰，湖光山色皆浮于脚下，满天的星光有着不能掩盖的透彻，正似她一双清亮的眸子，越发清醒地审视一切。

拨云见日，压在心头的阴霾终于散去，她更加沉稳有度，更渴望和兄弟们一起同叔父讨论文意、品评诗文，从中汲取每一分力量，充实每一寸年少光阴。渐渐地，谢道韫的生活又开始充满了意趣，雨打荷叶，风吹窗棂，就是阴郁晦暗的天气里依旧其乐融融。心有所寄，便不会长夜漫漫无所事事。

谢道韫寻找到自己正确的道路后，心胸开阔，不再茫然，整个人也生动起来，原来漂亮的容颜越发清丽，虽然还带着些婴儿肥，但那细眉秀眸已有几分少女的秀丽，仿佛山间的一朵玉兰。随着弟弟妹妹相继来到世间，谢道韫越发成熟起来，不再沉默寡言、心事重重，也不再嬉笑喧闹给哥哥们捣乱。更多的时候，她含笑而立，温文尔雅，她会用长姐的身份要求自己，身姿是否像叔父那般雅致挺拔，处事是否让人有如沐春风的感觉……平素行事都如此严谨，遑论在习文方面，不仅自身未曾放松，也要求弟弟妹妹莫要太贪玩，春日年年有，少年不再来。

已经许久没有见过阿爹了，他远在荆州，很少回来。阿娘是个温婉的妇人，极少露出不满。她素喜清静，却从不拂人心意，满堂喧闹中，她笑容浅浅，细心的谢道韫总觉得能从她眼中看到一丝落寞，淡淡的，好像春雨里不忍落去的花瓣，纵是艳丽无双，但也无可奈何。

谢道韫尚年幼，不知寂寞深处是什么，书读得多了，有时也会伤逝落花，望月兴叹，但那些感情不过是燕子掠水，片刻就恢复了平静。内心涌动更多的是一种豪情，是孤独立于峰顶的傲然之气。如若可以

58

便做一块湖底的顽石，无喜无悲，沉默地看人间风情万种，独守碧波清潭。

比起热闹繁华，谢道韫更喜欢静守，留更多的时间给自己，磨炼自己。对于诗书的多一分理解，总能让她得到更多的欣喜。她也爱听兄弟们清谈辩论，喜欢听到叔父醇厚的洛阳腔调。可惜随着年龄的增长，她已无法旁听其他名士的清谈，她常常引以为憾，若是男儿便好了。

又是一年上巳节，和风吹暖，草长莺飞，女儿们盛装出行，少年们跟随着长辈曲水流觞。谢道韫找到一处寂静的山坡，静静坐在树下的阴凉处，这里可以听到曲水畔的欢笑声、吟诵声。那里名士云集，风流一堂，精美的诗句、雅致的评谈，听到后有一种云开方见日、潮尽炉峰出的畅快感。

倚着身后的海棠树，暖风轻柔地拂过面颊，绒毯般的嫩草在身侧摇曳，不时有花瓣飘落。天空一碧如洗，远处人影幢幢，耳边是溪水的欢唱声，隐隐夹杂着笑语声，隔着一个世纪般的遥远。唯有诗书中的清香萦绕身侧，梦一般真实，似乎能望见北溟之水，浩渺无垠，烟波中有大鱼飞出，化作万道彩虹，甩起满天雨露。

小姑娘的梦想是踏着白云的，有洛水之神的清漪，有云中君的华彩，有山鬼的窈窕。环佩生辉，云溶溶，水湛湛，彩凤带我遨游，青龙伴我同行。阿娘也是读过很多书的人，为什么还会有那样的寂寞神色呢？

谢道韫起身寻找，果然在一处溪流侧畔找到了阿娘。她独自坐着，手里握着几枝杜鹃，不知在想什么，衣裙一角已漫入溪水中，随着一枝不小心掉落的杜鹃在水里打着旋。谢道韫为阿娘拉开衣裙，摊开在草叶上晒着，这是阿娘新做的绣了缠枝莲花的细绢深衣。阿娘温和地笑道："为何不与姐妹们斗草玩？"

谢道韫摇摇头，坐在阿娘身侧，虽然子女众多，阿娘依旧美丽如少女。阿娘想了想，问："又去听曲水流觞了？都听到什么好诗句了？"谢道韫笑了笑，从杜鹃上采下一朵，给自己戴了一朵，又在阿娘的鬓角簪了一朵，示意阿娘临水而照。溪水清浅，偶有小鱼游过，见了人影飞快躲入石中。流水中映照出一个温婉而清秀的女子。

"阿娘真好看。"谢道韫由衷地感叹。阿娘微笑，长女自幼便较他人聪慧，博闻强识，出口成章，小小年纪便已名动一方，日常处事懂事宽容，行事颇有长姐风度，每每望她时便备感欣慰。

欣慰的同时还有一丝淡淡的疼惜。谢道韫儿时还喜欢笑闹调皮，随着年纪的增长，越来越有名士风范，处处以叔父谢安行事之态为马首是瞻，不以物喜不以己悲，在弟妹面前从不嬉戏，一举一动均大方得体。

阿娘望着谢道韫那张花瓣般娇嫩的小脸，眉眼是标准的谢家特征，看她在自己面前终于露出一副小女儿模样，望着自己的目光满是关切，感到既欣慰又心疼。女儿在父母心中总是格外柔软的，是父母心底最深的一片雪原，洁白无瑕，玉韫珠藏，怕光芒太露而被人发现，又怕无光无彩而不被人重视，矛盾地在一旁默默关注，不许人践踏，不容她融化。

"诗书虽好，也该和姐妹们玩一会儿。"阿娘为她拨开绒绒的鬓角，抹去额角一层薄汗。还是一个小姑娘呢，但几年后就要定下人家，伺候别家妇孺，青春年少不解愁滋味的日子如春日暖风，尚不及停留，便已是漫长的炎炎夏日，或隆隆冬雪。青春年少实在是段短暂的幸福时光，该玩耍的年纪就该痛快去玩，长大后的事待长大后再去担忧吧。

谢道韫却笑着摇头："阿娘不是也没有去和婶婶们在一起？"阿娘笑着揽住她，没有更多的言语。两人依偎在一起静静而坐，时光无声滑过，有一种天长地久的美好。

过了上巳节，一切又恢复了原来的模样。姐妹们没有机会出去，便在院内三五成群地游玩，谢氏东山的庄园足够阔大，承载了子弟们的几多嬉戏。

东晋之时已有各色游戏，天气晴好时姑娘们便会在院子里玩耍，紫藤下通常架有秋千，姑娘们轮流推荡，衣裙飘飞，笑语妍妍，不知吸引了隔院多少少年郎的目光，可惜隔着高高的粉墙，无法一窥芳颜。谢道韫虽然在妹妹面前俨然一副长姐的端庄模样，但毕竟还是个小姑娘，她亦喜爱此类游戏，只是不敢太过恣意。因为听阿嫂说，琅玡王氏的女子个个端庄周正，出入行走皆轻盈飘逸，世人称她们才是闺中风范。只有在静谧无人的时刻，谢道韫才独自立在秋千上努力荡起，衣裙被风扯动，好像一个暗夜的精灵。荡至最高处，远远望去，别墅内灯光点点，好像天上星。她仰着头，让风扯起长发，在风中飘扬，长发千丝万缕，如若那细腻的女儿心。她终于在这一刻做回自己，在晚风中无声而笑，春花般灿烂。

江南进入梅雨季，连续数天天色阴沉，铅灰色的云饱含了沉甸甸的水汽压在整个东山上，站在庭院内远远望去，云雾缭绕，仙气袅袅。遇到这样的天气，叔父谢安和琅玡王家的几位好友便会在前厅挥麈清谈。少年们耐不住寂寞，冒雨到后山林里寻仙去了。小谢玄已戴了斗笠、穿上蓑衣，一本正经地坐在后山溪流处垂钓。女儿们无所事事，不能赏花，不能荡秋千，亦不能斗草，只好聚于后院下棋、玩弹棋或者投壶。姑娘们最喜欢的还是玩樗蒲，此游戏常有彩头，输赢简便，玩法有趣，大家常常乐此不疲。

待到雨季过去，天气晴朗，草木青碧如洗，姑娘们再次回到庭院中，在小径花丛间奔跑扑蝶，又是一番景色。每逢此时，谢道韫也跟在其中，亦步亦趋，深吸一口气，让清凉的感觉直沁入心脾。有人在前面唤她："阿姐，有只蝴蝶。"她提起裙角轻盈地小跑过去。在该快乐的年岁尽情快乐吧。

在男权的社会里，女子的命运不在自己的手里，少时系于父亲、成年后系于夫家、老年后系于儿子，一生辛苦都是为了别人。看不到未来，没有美好的期待，每日里与院内的女子一起懒懒地打发时光，幽居于庭院深处，行止约束，言行规范，不能行差踏错一步，一生的荣辱都依附于丈夫，还要与其他女子共争一夫，人生就像笼中鸟、缸中鱼。没有希望的人生好像秋日的叶片，能做的似乎只有等待，等待冬日雪花降落才可离树而去，人生中唯一的飞翔却是为了谢幕。

　　东晋是一个风气略开放的时代，姑娘们的约束相对较少。有着老庄思想的名士们开始发掘世间的一切美好，山水之美、容貌之美、姿态之美、思想之美、品格之美、才华之美，这让他们对于女子有了一定的宽容度，对于有才华的女子也抱着一份赏识敬重的心思。没有了压在身上的枷锁，女子们的生活丰富多彩起来。

　　每逢节日，姑娘们集体出去游玩，春日里踏青溪边，秋日里赏菊饮茶，或到寺院中拜佛烧香，叽叽喳喳地聚在一起，满面红晕地卜算自己的姻缘。

　　夜晚时，她们提着灯笼游逛夜市，尤其是上元佳节，虽然此时还没有烟花，但已有各种玩闹的方法。会有各色的灯笼悬挂其中，五彩斑斓，街市间、河岸边挂满灯笼，猜灯谜、跳舞、投壶……热闹非凡。

　　不逢节日时，佛寺也是姑娘们爱去的地方。东晋年间，佛寺盛极一时，有些建在城内，有些建于山中。山寺多建造于崇山峻岭之中，有不少珍禽异兽、奇花异草，或者各色许愿的灵树。姑娘们在这里休憩、游园，向佛祖求一份平安。

谢道韫生在这样一个时代，繁芜而热闹，自她出生便步入陈郡谢氏的盛开之时，稳定富庶的生活让她可以专心诗文，徜徉书卷之中，可以和姐妹们一起畅游东山，可以跟在一代风流名士谢安的身侧聆听他的满腹智语。所有的一切在她未出世时便已准备好，只待她于东山降临，开始这一世的历劫。

3. 少女情怀

又是一年的七夕，温润的晚风吹拂，庭院内草木飘香，繁星闪耀，白茫茫的一道银河横贯南北，两颗明亮的星子隔河相望，那便是飞升至天却被隔离的牵牛星和织女星。那是一个凄美的传说，即便是在婚姻只是"合二姓之好，上以事宗庙，而下以继后世"的时代，也无法压抑人们对于美好爱情的追求。少男少女纯净无垢的内心总会被美好充满，一生所求便是与君牵手。

相对于各种以祭祀集会为主的节日，七夕便格外与众不同，也是姑娘们最期待的节日。亭子上的紫藤已拖出逶迤的身躯，绿意盎然的枝叶在夜风中伸展，沉睡的花蕾层层叠叠地垂下。空气里流动着各色草木的清香，清幽淡然，好像少女的心事，隐蔽而纯真，在寂静的夜里泛开，洪水般充斥每个角落。

谢道韫在月光下仰起纤细的脖颈，任月光落在如玉般光洁的面颊上，目光投向天际的牵牛织女星。银河那么宽，王母如何狠得下心阻止他们团聚？弱女子没有左右自己婚姻的能力，即便天上的神女也不行。

谢道韫是长女，她已十四岁，该开始定亲了。叔父谢安早早就开始为她寻找最好的夫家，为何听到这个消息时，虽然羞涩但更多的是怅然呢？冥冥中那个人是不是自己想象的模样？能不能和自己心意相通？如若有一天寒夜降临，他是否能将自己妥善收藏，细心安放，珍之重之？

因为父亲的身份地位，谢道韫很少见到父亲，虽然有母亲疼爱，但因姐妹众多，更多的时候是在叔父婶母膝下生长。麻生蓬中，不扶自直，自幼的熏陶，长年累月的相处，在谢道韫的心中悄然埋下了一个理想：未来的婚姻要如叔父和婶母那般恩爱才是完美。

婶母刘夫人是魏晋八君子之一刘惔的妹妹，和母亲一样是名门之后，自幼饱读诗书，谈吐风雅，性子柔中带刚。她定是深爱叔父的，一生一世只许两人相守，不容他人插足。别的名士三妻四妾，而谢安的后院唯有她一人，不论谢安如何风流蕴藉，看到的、护着的只能是她一个，再无他人。

叔父一直未曾纳妾，外人传是因他惧内，因婶母太过强硬。但谢道韫他们都知道，以叔父七巧玲珑的心思，如若他愿，便没有不成的道理。偏他处处做出一副惧怕的模样，处处小心，有人询问或避而不答，或长叹不应，令多少人为之感怀，谁又知他深如海的心思？若真如此不满，为何归家之时他的面容如此温暖？若是不爱一个人，又怎会没有一丝烦厌？

古往今来，卖妻求荣的事并非少数。他权高位重，家世显赫，多少手段、方法可以让他既不损君子之名，又可达到目的。他偏偏选择戴一顶惧内的帽子，免去许多诱惑，从而独善其身。

在谢道韫的眼中，婶母是一个风雅而可爱的人。当时兄弟们自作聪明地以为叔父生活在水深火热中，自告奋勇要为叔父当说客，准备以自己的满腹才华让婶母退步，好让叔父妻妾满室，才不枉他风流倜傥的名声。

叔父知道这个消息后，细细地打量了几个满怀信心的少年的面孔，不动声色地默了一默，最后吐出三个字："试试吧。"兄弟们顿时群情激动，好像在清谈上胜过京中名士般兴奋。但谢道韫为什么从叔父眼中看到一丝揶揄呢？

谢道韫看着几个兄弟们将婶母请到正堂，反复评讲《关雎》，情到深处甚至拍掌而叹，感慨之情溢于言表。婶母笑意盈盈，端坐无言，时而低头沉思，似乎被几个小辈的言辞触动。只有谢道韫清楚，婶母和叔父是同类人，她隐隐有些担心，婶母会不会动怒？

婶母不急不躁，对口干舌燥的一众子侄点了点头，道："你们说得有道理。"谢道韫一怔，难道婶母真被这一众小子说服了，要去维护所谓的大家风范？婶母却话锋一转，满面疑惑地问："《关雎》是谁作的？"子侄们顿时元气满满，抢着回答："自然是元圣周公，周公吐哺，天下归心，他所说的皆是圣人之言。"婶母了然地点了点头，一笑道："难怪，他的确说得很有道理，若是由其夫人来说，只怕就是另一番理论了吧。"谢道韫一怔，旋即拍手叫好，婶母好机辩！再看兄弟们已然傻了，目瞪口呆地望着婶母。婶母淡然起身，悠闲地扫视了一圈，转身而去，衣裙翩然。谢道韫几乎要大笑起来。如若婶母和兄弟们辩论，他们个个学富五车、才华盖世，不论是吟古喻今还是清谈玄学，婶母不一定是他们的对手，偏偏婶母以一种不屑理论的态度，从中找出一个无法回答的结论，便轻易地将他们打发了。再多的理论都没用，因为那都是男子的声音，都无法用来劝婶母。

如此聪慧可爱的女子，立在风流宰相第一人谢安的身侧，可真是神仙眷侣般和煦。不论是东山隐逸还是乌衣巷入仕，有这样一个充满灵气的女子相携相伴，没有旁人的插足，没有内宅的钩心斗角，只是守着一人，天长地久，甚至不惜落得悍妇的名声，夫复何求？

婶母的所为对于小小的谢道韫是有一定影响的，让她对未来的婚事充满了憧憬。若无期望便不存在失望，期望越高，失望越大，望着叔父和婶母伉俪情深，作为一名女子，又怎么会不羡慕、不期许？不知谢道韫婚后婶母有没有教过她夫妻相处之道，史书上没有只言片语，但她婚后并无更多新鲜事件的记载，证明生活已进入一种平淡。

同处一庭院，谢道韫还偷偷听兄弟们说过，有一次叔父饮了些酒，便要欣赏舞蹈。婶母斜了他一眼，让人弄了帷幕把席子隔开，再让那些花枝招展的舞伎在其中舞蹈。叔父大声嚷嚷，要把帷幕拉开，婶母端着架子认真地规劝："夫君，你德行高雅，不能为此小事败坏了你的德行呀！"叔父于是装醉睡去了。兄弟们讲述时纷纷摇头，婶母太严格了。谢道韫忍笑，你们这些小子哪里懂得一份爱人之心？这分明是叔父婶母的闺房之趣，斗气玩耍。

少年时的一件小事就有可能成为人心里的一粒种子，沉埋其中，只待时机成熟便会发芽生长，缠绕在心底，左右你的决定和眼界。谢道韫是一个豁达的女子，还是少女的她，深受叔父婶母的影响，这些事让她越发感觉叔父是一个顶天立地的男子，柔而不弱，刚而不硬，与他相处令人如沐春风，对待家人宽容淳厚，对待妻子敬重疼爱，这才是伟男子。

对自己德行的要求高于内心的需求时，便是一种自律。刘夫人之所以这样劝解，便是知道这样的劝解是有作用的。之所以有作用，便是了解谢安的内心，知道他高度自律，处处以自身行为为子弟们做表率。如若所有人都以自己为准则来规范子女的行为，不仅自身的品行会提升，子女的教育也不会很难，因为模仿是孩子们与生俱来的学习方式。

没有人能跳出时代而活着，谢道韫也不能跳出这个藩篱，便是女子中的佼佼者，也要在少年出嫁，自这个庭院搬到另一个庭院，只是那个庭院中会有更多未知的纠葛等待她去解决。婶母强悍护院，皆因她身侧立着的是愿意宠她的叔父，纵容她随心所欲。那么，自己会遇到什么人呢？叔父中意的是琅玡王氏那几个同龄的少年，他们谁又是那个永远立在自己身后的男子？不必经天纬地，只要肩上能扛上她的所有委屈，当风雨来时能将她护在怀中，此生便无遗憾。

清如芙蕖的谢道韫不知，她这一世，只是为了度一个劫，所有的艰难困苦只为让她顿悟。那些无奈和悲凉都无可避免，人生漫漫长路充满了沟沟坎坎，还有许许多多迫不得已。此时，她并不知道自己将要流多少泪。

无论如何，生活总是要向前走的，不管你哭与不哭，都得迈出你的脚步。成长是一种痛，也是一种蜕变。不深入其中没有人能体会到那种蜕变是如何痛苦。

恃宠而骄的人都是有人疼的，失去庇护的人才会快速成长。人们欣赏她的葳蕤风貌，赞叹她的风姿高雅时，可知她心底早已许下愿望，此生如若可以，只做父母膝下娇女，一生一世不长大。

这个时代是战火动荡的贫瘠土地里生长出来的异藤，扭曲而娇艳，却给了女子相对独立的空间。女子在婚姻上有了些微的自主权，家庭地位上也有了一些话语权，但是相对封闭的空间和森严的等级让她们的选择空间并不大，所见的都是世交家的少年，而且只不过是礼节上的点头而过，没有更多的交集，更无从去寻青梅竹马的情义。谢道韫便和其他少女一般，等待对外交往多的长辈帮着甄选，但她知道，这个选择也是有范围的，他们这样的人家，选择的也必须是有着同样身份地位之人。

士族和寒门子弟之间有着无法逾越的鸿沟，士族即便是穷困潦倒也不会与寒门结亲，便是至高无上的皇帝也无法改变。太原王氏后人王元规八岁时失去父亲，十二岁时兄弟三人随母亲依着舅氏到临海郡生活。郡中有一个土豪叫刘瑱，资产巨万，想把女儿许配给他。王元规的母亲觉得三个儿子年幼弱小，想要结强援，便想答应这门婚事。王元规哭着请求说："姻不失亲，古人所重。岂得苟安异壤，辄婚非类！"母亲被他这番话感动，便放弃了。可见等级观念在当时已深入骨髓，无法撼动。在士族心里，便是冬寒万木枯，也要顶两肩风雪而立。

像谢氏这样的士族高门，对婚姻的要求只会更加严格。他们的婚姻，首要条件便是门第相配，士庶不能通婚。乔迁至江左的大姓里，以王、谢、袁、萧为重，尤其是琅玡王氏，与谢氏关系最亲密。谢道韫的几位祖母、婶婶、嫂嫂都是王氏之女，叔父谢据、谢万家都是和王氏联姻。两位婶母对自己也很疼爱，近来她们看自己的眼神都与别人不同，眼底的深意让人感到羞涩。

有了少女的小心思，入睡就格外难。已是夜凉如水，谢道韫依旧依窗无眠，凝视着沉沉的夜，闻到院内紫藤的幽香，不知为何便忽然想到嵇康的句子："流俗难悟。逐物不还。至人远鉴。归之自然。""人生寿促。天地长久。百年之期。孰云其寿。"心中忽然感慨万千，想象着那年嵇康临刑前从容抚琴的风貌，虽然衣衫褴褛、长发凌乱，依旧难掩他的如玉之姿。想到他到山中行走，衣袂翩然、恍若谪仙，哪曾想会有那样狼狈的一日？如此境界，格外让人怜惜。他纵情山水，如若一条落入凡间的白龙，被困于深山幽潭，无处纵起青云志，只能长叹。

风吹乱了长发，惊醒了谢道韫的一腔悲意，回神后好一会儿怔忡。当初的嵇康尚且无法跳出时代的枷锁随心所欲，自己又如何逃得开呢？所有的婚姻都是为了维系两姓之好，她也许从一出生便已注定要嫁到王家去。王家伯伯为人洒脱，不拘小节，书法冠绝天下，而且一向欣赏自己的才情。记得小时候见到他，他总是温和地笑。和郗伯母见面的次数更多，因为两家平素常有宴饮，逢节日时更是彻夜欢饮，和郗家伯母熟悉得就像她是自家婶婶一般。正因为如此，长辈才觉得放心，放心王家的人品，放心两家世交的情分。这应该是一桩多么妥帖的婚姻，可为什么谢道韫的心中会有一丝怅然呢？

不知为何，今夜的谢道韫总会想起前几日听到的一个凄美之事，那个被后世传为《梁山伯与祝英台》的爱情故事。谢道韫羡慕祝英台，为爱可以那般刚毅，那样决绝的事对她来说是无法想象的。她不能抛下父母和兄弟姐妹们，也不会违抗家族，世间那么多牵挂，怎么可能轻抛性命？难道是因为她从来没有遇到那样一个人，遇上了才会视世间万事万物为虚无，天地间只余那个人，相守的渴望似乎从出生那天起便长在血脉里，只有和他在一起才是完整的？在最好的岁月里遇到最对的那个人，那个祝家的姑娘虽然付出了生命的代价，但她依然是幸运的，毕竟有些人终其一生也未曾遇到。不曾体会心动便不知那是一种何等的甜蜜，有些人天生幸运，能遇到对的人，并在有限的岁月白首相伴；有些人得到又失去了，但至少曾经拥有；而有些人，一生碌碌，不知所终，从不知喜爱是何种感受。谢道韫希望，即便是伤害，也能那么经历一场，人生才算圆满。

但现实中并没有青梅竹马，也没有陌上少年，等待她的只是一个人，一个符合谢氏家族联姻条件的少年，会与她共结百年之好。她还不知他面貌如何，心性是否相投，便已在冥冥中与他密不可分，牵绊一生。

也许曾在梦中见到过一个理想的少年，但也不过是清晨的一抹薄雾，太阳升起便消散无踪，没有留下蛛丝马迹。窗外的清风透过菱花纹窗吹入，带着清浅的花香，黄莺在枝叶间婉转鸣唱。温婉的少女还带着梦醒后的茫然，风轻柔地拂着面孔，提醒她一切不过是庄周一梦，而那梦中蝶已翩然而去。心里泛起淡淡的失落，梦里的那个人，温润美好，不知会不会真的出现。

4. 琅玡王氏

好梦总易醒，怀抱着一分美好，用最真诚的心意去寻找，守住内心深处的坚持。能找到是一种幸运，未找到也不曾哀叹。短暂地调整后，再上路海棠依旧，只是那个寻春的梦已醒，只余脚下的路漫长而曲折。

《礼记·昏义》记载："合二姓之好，上以事宗庙，而下以继后世也。"早早地便为婚姻定下基调，那不过是两姓之家为了繁衍后代而进行的一种形式，冰冷的十七个字，没有一个字提到情，提到爱，提到缘分。那只是每个成年人所需要承担的责任，是要为家族所尽的一份力，由不得任何人任性。虽然东晋是一个任性的时代，但即便生来是鱼，被允许海内遨游，终究也不能离水而去。

这时的女子还在豆蔻年华之时就要嫁进一个陌生的家庭，独自面对一个要陪着自己过一生的陌生少年，还要上敬舅姑，下爱弟妹，夫妻和睦。前一刻还是少年不知道愁滋味的花蕾，转瞬便是他人堂下妻，离了父母的呵护，万事只有靠自己。

要经历怎样的一番磨炼才能在这样的生活中找到自我？要处理好

各方面的关系，还要在将来做好主妇的中馈，千头万绪，不管你愿不愿意，都要走下去。人后不知流过多少泪，才能站在人前落落大方，没有人能够一生顺意不走弯路，所有的光鲜背后都是一路坎坷。

盲婚就是一场豪赌，赌下的是一生的命盘。"朔风如解意，容易莫摧残。"只有小心翼翼地祈求舅姑宽容，朗君知冷热，兄弟姐妹们能相处融洽。

生活之苦莫若无人心疼。刘兰芝面对婆婆刁难，无处倾诉，家中唯有丈夫可以安慰自己，偏偏他又常常在千里之外。回到娘家，母亲虽疼爱却难体谅，加上兄嫂不容，被迫改嫁他人。不是不可以坚强，也不是不可以苟活，只是这种悲愤无处发泄，四顾茫然，何等无助。

谢道韫生为谢家姑娘，有那样强大的家族为后盾，自然不会落到那般境地。她也不必担心会被逼着嫁入权贵与皇族，士族们有自己的骄傲，他们从不在婚事上强迫自己，只求对方与自己旗鼓相当，同是士族，拥有同样的信仰，学识相当，便是门当户对。他们自己的实力决定一切，没必要为了巩固家族而向当朝权贵求婚，也没必要与皇家联姻。

从最初的仓皇过江，到东山别墅的建成，谢氏一直在坚强地成长着，无论是兵败还是东山再起，他们都没有放弃自己的努力。每一个子弟都意志坚定，一旦家族有需要便挺身而出，气定神闲，指点江山，功成拂衣去，深藏不复出。

放眼望去，整个东晋王朝能与谢氏比肩的只有簪缨世家的琅玡王氏。乌衣巷王谢两家毗邻，自叔父谢安东山再起后，两家更亲密了，若是她愿意，立在墙边便可以听到王家少年子弟们的辩论声，声音朗朗，铿锵有力。

王家的各种逸事，谢道韫自幼便有所了解。随着年岁的增长，她越发感到自己可能要与隔墙这家高门大族有着千丝万缕的联系，也许那里将会是她一生的落脚地。她不想对未来一无所知，便寻来各种书卷细细地翻看，想要更进一步、更深入地了解未来的归宿。

琅玡王氏家族世代居于琅玡临沂，和谢氏一样于永嘉之乱时举族迁居，落户于会稽、金陵两地。但王氏家族成名要早于谢氏许久。据说他们的姓氏出自姬姓，当年东周灵王太子姬晋因直谏被废为庶人，他的儿子宗敬任司徒时被人称为"王家"，子孙遂以"王"为氏。至秦时，王家出了祖孙三代名将王翦、王贲、王离，是秦灭六国、统一天下的功勋之臣。秦末为避战乱，王家后人举家迁往琅玡，后又移至临沂。直到汉时，王吉祖孙三代皆为贤明高官，将王氏再次推向门阀高姓之列。后又有孝子王祥卧冰求鲤的盛名，成全了王氏忠良纯孝的名声，自此一发而不可收。其家族之庞大、家学之深，令人仰慕。

迁至江南后，东晋王朝的稳定过渡全依赖于琅玡王氏的政策和支撑。王导和王敦一文一武两兄弟是建国的最大功臣。王导在朝中稳定政局，联络高门大姓；王敦在荆州坐镇，手握军政大权，将整个东晋完整地包裹怀内，从而达到"王与马，共天下"的权力顶峰。

水满则盈，树大招风，朝廷不愿王家坐大，便提拔了其他士族来

76

制衡，以至王敦因不满而反抗，最终撕破脸，拥兵自重，抵抗朝廷。为此王导几乎一夜白头，痛哭流涕。思量再三，他果断决定将王敦抛弃至王氏家族之外，才保全了整个王氏的根基。欲要得到，必先付出，王导一生付出良多，一路走来历尽艰辛，所幸命运不负，阖族平安渡过动荡，达到朝中官员半数以上皆是王家子弟的地步。当谢万兄弟几人初握方镇之权，还是旁人口中的新出门户时，王家已手握半个王朝了。

掩卷叹息，谢道韫不知该如何来理解这种决绝。谢家人大多温润，没有人做事如此激烈和狠绝，对事对人皆有一种随性，不会头破血流，即便是谢尚也不过是随性放达罢了。谢道韫又想到了王羲之，他却与王导不同，是一个温厚之人，关于他和夫人郗氏的事迹也让人感叹。

郗家是东汉名门之后，曾助朝廷平定王敦之乱，支持王导主持朝政，也是当时一杰。郗氏是司空郗鉴的女儿，郗鉴与王导交好，问他王家子弟哪个比较配自己的女儿。王导笑称子弟众多，随你挑。郗鉴便派了一个能力较强的门生去查看。门生回来称，王氏少年郎们个个优秀，听说是来挑郗家之婿的，个个打扮得爽朗，表现得少年老成，只有一个少年很随意，独自散着衣襟歪在东床上看书，见到门生只不过随意看了看，并没有露出紧张和希望的神色。郗鉴大喜，这样的少年才是真性情，宠辱不惊，于是亲自找机会试了试，发现果然是一位旷达君子。这样的男儿，女儿嫁与他是不会受委屈的。

由此可见东晋名士对于世事的态度，虽喜容貌，却不以此为主；

虽然重礼节，却更看重其内心。他们不会拘泥于事，也不会苛求于人，通达而随意，与这样的人相处定然是放松的、自在的。

当年这位坦腹露怀的少年如今已是多位少年郎的父亲了，也到了门内众多子弟被别家女儿的父亲挑选的时候了。谢道韫想到王家的几位哥哥，她自幼受叔父影响，自然希望能选中如东床坦腹的少年，也是那样大大咧咧地斜躺着，用一种坦然的态度对待来挑选的人。

又是一个阴沉的天气，墨云翻滚雨欲来，江南又是梅雨天气。谢道韫站在乌衣巷的庭院内，望着满地落花，思绪有些乱。案上摊着卫夫人的簪花小楷，那般珠圆玉润。卫夫人是王羲之书法的启蒙老师，王氏的书法成就有她的很大功劳。谢道韫在叔父的教育下也写得一笔好字，但卫夫人的字还是让她自叹不如。她也见过郗夫人的字，丰茂宏丽、卓绝古劲、华丽大气，与卫夫人的字不属同类，但同样飘逸洒脱，让人眼前一亮，见之忘俗。谢道韫暗暗欣喜，若郗氏是未来的婆婆，将来是可以交流书法的。

未来的种种设想虽然让人放心，但少女的心情总如这天边的云，朝来暮去，没来由的淡淡失落总在心头挥之不去，是因为这不得不选择的姻缘？还是因为将来要离开家的不舍？人生际遇有时便是盲人摸象，探出手去不知会落于何处，你在黑暗中四处寻找，却永远无法探知事情的全貌，那种无法探知的恐惧、不知前路的迷茫总让人患得患失。

从墙角走到廊下有多少步，谢道韫不知丈量了多少次，她不是那种伤春悲秋的性格，更多的时候，她喜欢在忙碌中充实自己，无论是跟着母亲学习管家，还是跟着叔父习文，她都感到津津有味、兴趣盎然。只有夜晚来临，她才有独处的时候，而揣摩文意、研习书法又占去了她的不少闲暇时光，推窗而立、望月感叹、惜花落泪这样的情景，对她来说少之又少。然而，她终是一个姑娘，少女的心事埋得再深，也有浮出来的时候，如现在，阴雨绵绵，残红落地，它便忽然跳了出来，刺痛她的双眼，牵绊她的心，让她无法纾解。

丝线再乱，有源头便可以理出头绪；事情再繁杂，总能找出原因；而情绪却如暗夜的风、晨曦的雾，无法触碰，偏偏又可以感受得到。它便在那里，让人无法拨云见日，心神难以安定，便是练习书法也无法安下心来。于是她放下笔，放下书，自门内走出，一步步地丈量，从绿窗至抄手游廊的小径有多少块青砖，海棠又结了几颗。

5.陌上少年

谢氏家风造就了她优美的身姿，冰玉雕琢的内心如水晶般通透。不论内心有多少波澜，生活还是按照所有人希望的那样奔腾而去。没有反抗，没有放弃，只是默默地守候、静静地等待。为一场不知期的相遇，等一个天长地久的承诺。

寺庙里的菩萨慈眉善目，悲悯地凝望世人。燃一炷香，虔诚地许下愿望，愿家人平安康健，愿再也没有狼烟四起，不要灾祸，一世长安。

当年一起打闹嬉戏的小童已长成了翩翩少年郎，春雨润泽下的柳芽如今抽成了碧玉般的柳枝。少年们也到了知道追求美好女子的年纪，开始关注自己的外貌、待人处世的形象。他们常常三五成群，或学长辈们办一次曲水流觞，或在草场上来一场酣畅淋漓的蹴鞠，或打马过原呼啸山林。冠帽斜戴，衣襟松散，恣意挥洒青春。

追求自由、不受约束的魏晋名士们喜爱山水，喜爱风流雅致的形象。他们这种不受约束的性子，对高雅风度的追求，使得他们对服饰的要求是衣料舒服、衣带宽松。他们多穿长衫，宽大敞袖，一般为纱、绢、布等料子做成，多为白色。青山绿水间，少年儿郎们一袭白衣，姿态高洁，谈吐有致，陌上人如玉，公子世无双。

陈郡谢氏的子弟个个容貌俊秀，在当时是风流门户，门户的当家人谢安是当朝美男子，风华绝代，姿容俊秀无人可比。谢道韫生为谢氏的姑娘，自然容貌、才情俱佳。能与谢道韫相配的，必须是才情、人品、容貌皆为上品方可。这件大事，让作为叔父的谢安考量了许久。

"谢公最小偏怜女。"谢安是很疼爱这个侄女的，太珍贵，以至在择亲时反复思量，细细考察，期待能给侄女一个最好的归属。他将高门大户的少年挨个儿看了一遍，目光最后还是落到了好友王羲之身上。琅玡王氏是最好的选择，两家在乌衣巷内毗邻而居，彼此都足够熟悉，对方家中子弟风度如何都了然于胸，作为叔父的谢安自然觉得把侄女嫁到这样的家里去是放心的。谢安和王羲之交往颇深，不仅因为他家有着更深厚的底蕴，更主要的是因为王羲之夫妇的才华和人品。他们是簪缨世家，家风经过数代洗礼，以侄女的品性，嫁到这样的家中，应当不会受什么委屈。

当时的士人崇尚的是个性的自由和率真的性情，他们渴望与山水自然契合，达到物我两忘的境界。谢安和王羲之均爱寄情山水、放纵自我，他们尊崇自然，尽情彰显个性。他们对美的要求不是单纯的形态美，而是关注内在的美，那是一种对品性、气度、才华的欣赏。所以，不论是谢安对王家，还是王家对谢道韫，彼此均是满意的。但哪位少年郎才是谢道韫的良人呢？谢安为此犹豫了许久，后来他学习当年郗家相看王羲之的做法，仔细地去相看王家的少年郎们。

琅琊王氏当时被人形容为："触目所见，无不是琳琅美玉。"可见其子弟均是人中龙凤，但谢安一向以自家的小侄女为骄傲，对此很不以为意，在他眼中，哪位少年也无法与自己的侄女匹配。但谢安不能因此便误了侄女的终身大事，他开始仔细考量王氏子弟。

王羲之共有七个儿子，最初谢安最喜欢的是他的小儿子王献之。王献之小字官奴，年纪虽然最小，却是七个兄弟中风采最盛的一个，不仅容貌出众，为人洒脱不羁，又和父亲一样酷爱书法。他幼年时便已名满京都，是几兄弟中最像王羲之的一个，同样的清高孤傲、放达不羁，并在书法上有自己的独到见解，自成韵味，尤胜草书。

王献之小时候曾和哥哥们一起去拜访谢安，他们走后，旁人问谢安这三个孩子如何。谢安便说最小的最好，原因是"吉人之辞寡，以其少言，故知之"。自那时起，谢安就非常关注王献之，对他的人品、风度感到很满意。

王献之少年意气，曾问父亲自己再练三年是否就可以出师了。父亲笑而不语，母亲也表示否定。他又问："那五年呢？"母亲仍旧摇头。他有些泄气，到底要多少年才能像父亲那般呢？父亲是怎么变得那么厉害的？王羲之看到小儿子垂头丧气的样子，便指着院中的十八口大水缸告诉他，练完这十八口缸中的水，就能有所成了。

王献之于是又练了几年，自觉长进不少，于是拿了自己的得意之作给父亲看。父亲看罢默默无言，在其中一个"大"字下加了一点，成为一个"太"字。王献之又拿去给母亲看，郗夫人仔细审视后评价说，儿子练字已久，唯有这一点像父亲。王献之深受打击，戒了骄傲之心，闭关继续练习，终于与父亲齐名。

少年王献之不仅为人处世有坚持，心思也很灵敏。权臣桓温曾让王献之在扇子上题字，他一挥而就，收笔之际墨迹却不慎落于扇面，将字迹污盖。他略一思索，便顺着墨迹将字勾勒成黑马母牛，画面生动，成为一绝。

作为东晋名士，王献之同样喜爱山水之美，也常常被邀请到谢安在东山的别墅。那时，长辈并不因子弟年少便忽略他们，反而将他们当作大人一样对待，使少年郎们个个早早成名，一举一动皆有名士风度。

打马上东山，秋高气爽，温暖和煦，阳光透过树叶间隙落下斑驳的光影。偶有鸟雀飞过，鸣声在山涧间回转，婉转动听；不时有风吹过，黄叶随之飘落，堆积于逶迤曲径之上，马蹄踏过沙沙作响；偶有叶片自面前旋落至眼前，翩翩然若蝶。少年郎驻马停留，仰面向上望，山势崔嵬如入云霄；向下望，平林漠漠烟如织，有寺庙散落在林间，飞檐反宇如世外。王献之深吸一口山林间凉凉的秋意，感叹道："从山阴道上行，山川自相映发，使人应接不暇。若秋冬之际，犹难为怀。"

少年郎个个如珠似玉，但对于谢安来说也不过尔尔，因为他本人的风度在当朝鲜有匹敌。他同样儿时便有盛名，为人神态沉着，辩才无阂，四岁时随父亲见名士桓彝，其作风和谈吐极受大家赞赏，称其风神秀彻，将来必不输王东海。王东海即王承，东晋初年第一名士，可以想见谢安的风采了。

一场淝水之战将谢安的沉稳发挥得淋漓尽致，其实在此之前，他的沉着冷静在东晋已是尽人皆知。只因一日他与孙绰等人海上泛舟，游玩赏景，波涛起伏中惬意而自在。海上的天气多变，忽然白浪翻滚，旁人皆惊慌失措，唯有谢安反倒涌起一股男儿豪情。他起身而立，面朝大海伸臂长啸，声音与风浪相和，绵长悠远，如海外飞仙。船夫自小在海上行船，视风浪如平地，配合谢安依旧乘风而行，直到黑云滚滚，海浪四起，小船颠簸似要倾倒，方才示意返航。惊魂失魄的名士们上岸后，纷纷摇头叹息，自己的胆识和气魄果然不如谢安。

能让谢安欣赏不是一件容易的事，王献之不仅才华惊人、风度容貌出众，最重要的一条，是和谢安同样拥有沉稳的个性。他曾与兄长王徽之处一室座谈，忽然不知哪里失火了。王徽之见状一跃而起，木屐都不曾穿上便已飞奔至院中，当他停下脚步回头，才发现王献之并未跟在他身后，然后他惊奇地发现，王献之不仅没有飞奔出来，反而慢悠悠地叫来随从，让他搀扶着自己从室内走了出来。由此可看出王献之有着与谢安乘舟不惧风浪同等的沉稳，处变不惊方可成大事。

然而王献之年纪较谢道韫小，不在婚配的范围之内，而且刘夫人从王家的妇人们那里打听到，官奴似乎很喜欢自己的表姐郗道茂。左思右想，谢安只能长叹一声，放弃这个少年。棒打鸳鸯的事他是不愿意做的，想必冰雪聪明的侄女也不会乐意，只有再寻他人。

　　王献之是一个重情重义的人，他深爱自己的表姐，只愿和表姐相守相伴此生。不承想命运捉弄，和桓家和离的新安公主看中了风度翩翩的王献之，让简文帝出面相逼。王献之用艾草烧伤双脚以明志，终不能胜，为保表姐平安，只能将表姐休回娘家，再娶新安公主。父母已逝，只能寄居伯父家的表姐不久便郁郁而终。此痛此伤难以平复，直到足疾频频发作，病入膏肓，有得道之士来为他作法，让他思量过往所犯过错。他恍然而答，此生无错，唯忆和表姐和离。此生此恨绵绵无绝期，情之字，误终身，便是洒脱如王献之也不能免俗。正如王衍所说，情之所钟，正是我辈。

　　谢安的目光由王献之转到了王家另一个少年身上，那便是王家老五王徽之，字子猷。与小弟不同，他深受名士风气影响，并将其发挥到极点，甚至不修边幅，经常散发宽衣。当年桓冲很欣赏他的为人，任他为骑曹参军，偏他不管不问，自由散漫，桓温来视察公务，询问他马匹之事，他理直气壮地一问三不知。桓冲知道他的志向，便不再勉强。

　　谢安初时很欣赏他的名士风范，但时日一久，谢安又有些犹豫。

谢道韫是谢安看着长大的，她的性子沉稳，平素做事干净利落，子猷这个性子和侄女能不能相融呢？谢安的教育是世家典范，由他带出来的子侄个个才华横溢，最难得的是他们恪守素退的理念，遵循儒玄结合的治家和处世方式，既不过分放达，不理政务，也不墨守成规。他们个个从容淡定，文能安邦，武能定国。所以谢氏的少年们虽然性子散漫，但从不误事，虽宽衣博带，但整洁高雅，散而不乱。如子猷这般散到骨子里的，在他们看来甚至有些邋遢，谢安很不放心。当王子猷又做了件随意到放纵的事后，谢安终于下定决心，放弃这位少年郎。

隆冬已至，万物肃杀，夜来一场大雪惊醒了睡梦中的王子猷。推窗而坐，寒风夹杂着雪花飘进来，他骤然清醒，起身打开房门，让家人拿温酒来饮。雪光映照下天地一片皎洁，苍茫无尽头，无限江山无限情，他不由得吟诵起左思的《招隐》诗，感叹自然之神奇瑰丽。他忽然想到同样有隐逸之志的好友戴安道，但戴安道远在剡县，于是他吩咐家人准备小船由水路直奔戴安道处。船在雪花和寒风中行了一夜，天微明时方到戴安道门前。王子猷仰面望了望，神色淡然地吩咐道：回去吧。于是一头雾水的家人又划船折回。归途中家人忍不住询问，不是要见他吗？为何至家门而不入？王子猷不以为然，雪夜惊醒，忽然思念不止，经一夜船行，兴趣已失，再见还有什么趣味？

谢安听到这件事时，长叹一口气，子猷是个好孩子，但不是良配。

这就是名士做派，率性、恣意，随兴而来，兴尽而归。谢安也欣赏名士之风，但终究不敢为侄女选择这个少年，只怕他对待婚姻也是兴之所至。生活总归是由一个个平淡的日子组成，更注重天长地久的相守之道。谢道韫虽是他的侄女，在他心中其实更像亲女儿，这样洒脱不羁的少年不一定是女子的好夫君。夫妻是要相守相容，要有在繁芜琐碎的日子里默默相对的情义，他做得到吗？

太过疼爱，以至不知所措，左右衡量，谢安终不能放心，直到王凝之进入他的视线。王凝之是王家的老二，字叔平。其人与其字一般，一生所作所为只一个"平"字。但在少年时，他的迂腐还不曾凸显，在长辈眼中，他不过是一个中规中矩的少年，不出挑也不犯错。唯有一点可圈可点，便是写了一手好草隶，为他增彩不少。

少年时渴望轰轰烈烈的爱情，希望一生不要太平淡，最好是一部悲喜剧，不经历风雨怎得见彩虹？然而经过半世辛苦的长辈们并不这么想，经过了风雨清洗，看惯了身旁的生离死别，他们只期待一生长安。对于晚辈，更是希望能长久将他们护在自己的羽翼之下，平平淡淡、一生遂意才是幸福。

将各家少年郎逐一审视一遍，又反复考量了王家子弟后，谢安做出了最终决定，谢道韫花落王凝之处。这位敦厚无为的少年，彼时大概无论如何也没想到自己会娶回东晋第一才女吧。

在那样的时代，那样的家世，婚姻之事是朦胧的，或许会有丝丝期待，但更多的是服从，偏这世上有一个词叫作"红颜薄命"。一代风流宰相谢安也不曾想到，他一生运筹帷幄，却在最疼爱的侄女的婚事上被鹰啄了眼。那个少年原来也不是谢道韫的良人。不能与她琴瑟和鸣、心意相通，国破家亡时不能护她和娇儿于羽翼之下，留给她的只有后半生无尽的苍凉和孤寂。

第三章

山月不知心底事

1. 彩凤灵犀

《山海经》里有一种头上有三只角的犀牛，头顶上那只叫作通天犀，剖开后可看到内有白线状纹理，自角尖蜿蜒至角尾，据说可以感应万物，灵敏异常，故称为灵犀。心意相通的爱情，便如这角中白线，在不知不觉中生长，在每次眼神的交会中触摸彼此。

热闹而开放的东晋王朝虽然依旧有着各种男权的特征，但对待女性还没有后来王朝的那些禁锢，对自由的个性的追求，让名士们学会了欣赏，欣赏女子的美、女子的才华和女子的真性情。那时，女子便是表达爱意也不含糊，看到俊美的潘安便围车观看，为了表达自己的倾慕之心，掷果盈车，如此奔放而直白。竹林七贤之一王戎之妻常常唤他卿卿，心中爱他便呼唤出来，这世间你是我的夫君、我是你的妻子，用最亲密的词语来呼唤，其中的甜蜜只有相爱的人才能体会，有什么不好呢？王戎初时虽有些脸红，但在妻子坚持下也坦然了，男欢女爱，天地人伦，人之常情，妻子爱丈夫，丈夫爱妻子，本该如此。

后世被女戒妇德束缚的女子哪里还有这般灵动可爱？那些女子只能听从父母之命、媒妁之言，相夫教子，恪守妇道，碌碌一生。爱已成为不能宣之于口的私密，只有所谓"不守妇德""不知羞耻"的女子才敢这样表达感情。她们已成了男子的附庸，个性被扼杀，灵性被磨灭。谢道韫自小跟在叔父身边，不仅可以和兄弟们一堂论文，有时还可以跟在叔父身边去观摩曲水流觞，听名士们高谈阔论。和风细雨中成长起来的少女如一朵绽放的白山茶，山间的云雾在她的身旁丝丝缕缕地缠绕。她终成长美好的模样，静待枝头，只等某个人将她移植别处。

再美好的青春也要落入凡尘，再美丽的女子也终要嫁作人妇，得知自己已和王家哥哥凝之定下亲事后，素来雍容大方的谢道韫也露出些小女儿的羞涩。心中涌出说不清是失落、失望还是希望的情绪，那个少年是从小便见过的，琅玡王氏家子弟的人品自不必说，容貌也是众人中的佼佼者，只是自小因为男女有别交流并不多，只从叔父和婶母的口中得知他是一个温润宽厚的君子，也许不够风流，也不够放达，但女子嫁夫求的是一个安稳，这样的男子想必是如山般坚实、如海般宽博的。

山茶花迎风绽放，在最美的季节里遇到他，是一种缘分。谢道韫渴望这份缘会是一份幸运，自己与他能如叔父与婶母那般相知相守，在绵长的岁月里渐渐生出灵犀中的白线，从你的心底牵至我的心底，丝丝缕缕相扣，直至天长地久。姐妹们开始打趣，谢道韫红了脸笑，忍不住偷偷地想，王郎此时会是怎样的一种心情？对于婚事有没有期待？一颗心是不是也如自己一样跳跃不已？

长辈们都很欣慰，满怀希望地着手准备着她的婚事。谢氏早已不是江北时的家境，守着东山别墅，与琅玡王氏这种一等一的门阀之家相比也不会有落差。阖家欢乐中只有一个人不开心，夏日午后，旁人皆休息了，谢道韫没有与往常那般小憩，而是执一柄绢扇，缓缓穿过花木扶疏的石径。

谢道韫赶到后山溪旁，果然在那里找到了正在专心垂钓的谢玄。看到姐姐的到来，谢玄露出微笑。兴趣相投的姐弟两个格外亲近，处在少年期的谢玄略有些单薄，但眉目清俊，举手投足温文尔雅，分明是一个俊美无俦的美少年。这个少年有一个特点便是爱静静地垂钓，风雨无阻，那块青石是他常坐的地方。

姐弟同坐于溪水之畔，静听蝉声，远处青山苍郁，天净如洗，映得溪水碧蓝。两个无论是相貌还是品性都极为相近的人，相伴而坐，并无更多的交流，却似已明白彼此的感受。天地静默，溪水潺潺，清泉自心上缓缓流过，洗涤胸中的种种烦郁。

谢玄为谢道韫找来一根钓竿，钩了饵抛到水中，平静的水面被打碎，荡开一圈圈的涟漪，时光仿佛被凝结，在溪水和枝叶间缓缓缠绕。谢玄极目远眺，自山崖之松望至山谷溪水，远远望着自己常去的几处奇峰怪石之地，想起来曾带阿姐去过。那时竹叶纷飞、落英缤纷，云霭升腾，有如世外仙境。姐弟两人自幼得叔父珍爱，年岁越长越与叔父的脾性相似，日常生活中更是志趣相投，皆有隐逸之志，深爱名川仙山，曾相商将来如何倚山建别墅，还认真地丈量了每处山石溪流，仔细地核算了亭台如何建，需要种什么花草，等等，商量得不亦乐乎，似乎那别墅就在那里，等待着他们共同去完成。

流光易逝，韶华易失。王家虽只有一墙之隔，但毕竟是他人妇，需要忙碌一家之事，里外操持，从此一生都要默默地立在另一个男子的身后，与他甘苦与共，将来还要与他生儿育女，延续王家血脉。如仙子般的姐姐，终要落入凡尘，纠缠于红尘俗事中，变得和嫂嫂、婶母一样深居简出。那时，姐姐还能如现今这般出尘脱俗、谈笑自如吗？

明白谢玄心事的谢道韫将钓竿放到胡床上，笑盈盈地对弟弟说："阿羯，以后要常来看望阿姐。"谢道韫指了指远山道："等你新建别墅，一定要请阿姐来观赏。"望着阿姐如明月般清朗的笑容，谢玄连日来心中的怅然瞬间消散。阿姐还是阿姐，不论她嫁去哪里，嫁得有多远。

安慰了弟弟的情绪，谢道韫起身立在一旁看了一会儿，看着他再次沉浸在垂钓的乐趣里，便轻轻地离开了。未来一片茫然，没有期盼，没有等待，便只一步步认真地向前走，没有锦华铺陈也要走出满径的芳香。谢道韫是一个有着自己的坚持的姑娘，她自小便有主张，鲜少有迷惘的时候，只有忙碌而有目标的生活才不会空虚，不会茫然无措。她每每徜徉书海便欢欣鼓舞，听到精妙的玄理便感到心满意足，她对于未来没有更多的期待，她相信只要愿意，不论什么困难都可以克服。然而少年的她哪曾想到，这世间最难攻克的是人心，滴水穿石，沧海桑田，山河可改但本性难移，纤尘未染的少女不曾知晓自己所要面对的是什么，总有一股初生牛犊不怕虎的英勇。

自从婚事定下来，整个谢家都忙碌起来，出嫁前的各种准备、各种流程，都要一一核对整理。名门世家对于子女的教育是多方面的，就是女孩子也不例外，谢道韫除了学习自己所爱的诗文史籍、绘画、书法外，还要学习刺绣裁衣。最重要的一点，便是女子在出嫁前要学习主中馈。所谓主中馈，便是管理家宅内部的吃穿用度。在家千般好，出门处处难，出生在女子没有自主权的时代，女子未出嫁时是最幸福的时光。古代女子一般十五岁左右便要嫁为人妇，做了别人家的媳妇，就要孝顺舅姑，照顾小姑。若是长媳，一旦婆婆年高不能理事，便要担起主持整个家中馈的责任，管好包括衣、食、住、用、行等各项让整个家族正常运转的琐碎杂事。

成亲是一件烦琐而麻烦的事，从长辈们相互确认后，就开始了成亲必要的六礼步骤：纳采、问名、纳吉、纳征、请期直到亲迎，完成一对少年一生中最重要的一件大事。对于男子来说，双方门户相当，妻子温柔贤淑，便是良配，至于爱恋之情，完全可以通过纳妾来完成，正妻只要端端正正守在那里便可。而对于女子来说，嫁人就决定着此生的幸福与否，所有的欢乐和悲伤皆来自丈夫和儿女，还要赔上一生荣辱。

新嫁衣是新娘自己缝制的，一针一线皆是一种甜蜜。谢道韫早已在母亲的指导下开始着手准备，坐在窗下细细密密地缝制，"左手持刀尺，右手执绫罗。朝成绣夹裙，晚成单罗衫。"谢道韫不时将衣衫长裙在纤细的身姿上对比一下，思量着将它们穿在身上的感觉，新婚之日，新郎会不会赞叹她的手艺精巧？舅姑会不会感到欣慰？少女的心里装不了太多的东西，别人的认同已是她的全部。此时，她或许还无法理解生活的支柱来自自己的内心，而不是别人的言行。

可惜谢道韫生不逢时，才女固然被人欣赏，但也只是欣赏罢了，日子还要自己过，该守的规矩还要守。同样是才女的李清照便是最好的例子，第一任丈夫活着的时候，被疼爱被怜惜，人生如春花绽放。待到第二任丈夫时，纵使满腹才气，也被他欺负辱骂甚至殴打，最终不得不靠告发其罪而脱身。虽然东晋女子和离改嫁是正常现象，但无论走到哪家，都只能在男子的庇护下生存，天地之宽不过内宅庭院。

东山巍峨，山阴夹道繁花似锦，风和日暖，曾经跟在叔父身后的小姑娘转眼已亭亭玉立，即将绢扇遮面，十里红妆出嫁。等待她的是"金风玉露一相逢，便胜却人间无数"，还是"浮沉各异势，会合何时谐"？无法探知的未来如东山上的云雾，捉摸不定。

2. 金玉良缘

木石前盟也好，金玉良缘也罢，只要是对的那个人，便是世间最好的姻缘。无须苛求所谓的圆满，只有不断地前进、不断地完善才能在成长中发现乐趣，在磨合中发现真情。在困难中修炼自己，每一次蜕变都让自己更加坚强，心胸更加宽广。

没有选择，没有挑剔，东晋世家门阀的姑娘们所学的教养使得她们个个懂事聪慧，顾全大局。她们的婚姻都在长辈的手中，她们对此没有更多的想法，自小的交往圈子只有这么大，她们自幼便被灌输了嫁人不过这几家的观念，便是读再多书，也不能跳出这个圈子。虽然民风较为开放，但未曾一起嬉戏成长，所以便不知对方人品心性如何，只有遵从长辈的安排，毕竟以他们的阅历，对一个人人品的了解透彻得多。

没有了解的空间，也没有时间让他们慢慢成长，两个还处在青春期的孩子便要组成一个家庭，承载延续和壮大家族的重任。少女们羞涩地度过待嫁之日，少年们一样有着莫名的滋味，没有冲动爱恋，没有缠绵悱恻，更多的是一种无法诉说的隐隐的激动，或许还有着些微失落。从此后院内便多了一个人，再不能信马由缰、随心所欲，肩头也忽然沉重了许多。因为缺失了一段相恋的时光，所以少年们对未来的妻子没有更多的期盼和那种尘埃落定的安心。至于婚姻，不过就是一种程序，是从少年跨越到成年的一个不得不举办的仪式。失去少年时光和得到娇美妻子的失落与兴奋的矛盾情绪交织在心头，让少年们有些茫然。

处在婚姻中的少年迷茫，落在外人眼中却是另一种感触。谢道韫自幼才名远扬，最后花落王凝之身上，让许多少年子弟震惊又羡慕。谢家姑娘的人品性格自不必说，容貌也是一等一的好，这样好的姻缘为何就落到了他的头上？看到别人倾慕的目光，王凝之迷茫渐消，有一种珍宝入怀的得意和激动。有佳人如此，这段婚姻应该是美好的吧。未来的生活会是何种模样，他没有深想，也无从深想，世事都无法洞察，遑论触摸人心。隐隐地，他竟然有些期待，渴望能早点看见她漂亮的容貌，将小鸟依人的姑娘揽在自己的怀中，而她将陪伴自己一生一世，为自己生儿育女，这是多么神奇的一件事情。

东山上谢安种下的翠竹已漫山遍野蔚然成林时，陈郡谢氏和琅玡王氏举办了一场盛大的宴会。华丽的场面让整个京城为之倾慕，虽然两个家族都不以铺张奢靡为乐，但以两家的财力、地位而言，便是寻常的礼尚往来也足以让世人感到盛大了。

终于到了出嫁这一天，谢道韫早早起床，洗漱整理，生平第一次画了厚厚的妆容，粉面洁白无瑕，双眸明亮如星子，眉峰细长如远山，鲜红的口脂涂抹出精巧的唇形，乌黑的云鬓上沉甸甸地插满了珠花金钗，广袖翩翩，长裙曳地，纤髻飞舞，见之忘俗。

傍晚时分，外面有人高呼吉时到，一片兴奋的叽喳声中，谢道韫懵懵懂地被人扶起，有人往她手中塞了一把纨扇，她低头遮在面前，被人搀扶着出门。厚重的乌门被推开，暮色浓厚地铺陈下来，谢道韫自扇下看见自己的裙角和飘带在夕阳中如镀了一层金边，格外耀眼，随着她的动作飘过高高的门槛，落入那斑斓的霞光中。

阿娘和一众姊母、嫂嫂站在院中，见她出来纷纷起身。谢道韫顿时慌了神，旁边有人及时地帮她把扇，不许她放下。没来由地，泪珠纷纷而落，不是出于悲伤，而是一种说不清道不明的情绪，是一种告别，也是一种挽留，是由于不得不前进的脚步和一颗患得患失的心。有人在一旁轻声地劝，别哭花了妆容，不好看，长辈们也会难过的。谢道韫努力地忍住泪意，但泪水还是止不住地倾泻了下来。自五岁以后便很少这样恣意地哭了，她一直是谢氏端庄优雅的长女，再为难的事情也都一笑而过，只有今日露出小女儿的面容来，痛快地哭上一场。

忽然听到一阵哄闹声，有人被簇拥着走近，安静地立在她的面前。谢道韫泪眼婆娑中羞红了脸，那人一定是即将成为自己夫君的少年了，他好像还呆呆地行了一个礼，引起一片哄笑声。他似乎有些不知所措，呆立了一会儿，由人引导着向前走去，谢道韫在其后缓缓跟上。有人在她耳边低声调笑道，新郎欢喜傻了，谢道韫越发羞涩。

纤尘不染的长袍在前面慢慢地移动，谢道韫徐徐而行，隔着几步的距离。他长长的袍摆引领着她一步步向前，向着他们共同的家走去，从此由两个陌生人变成一家人，成了这世间最亲密的人，共同分享甜蜜或痛苦的生活，包容彼此不同的习惯，成为牵连着两个家族的纽带。有人开始吟唱："南有樛木，葛藟累之。乐只君子，福履绥之。南有樛木，葛藟荒之。乐只君子，福履将之。南有樛木，葛藟萦之。乐只君子，福履成之。"欢乐的气氛越发浓烈，前程漫漫，青春年少不再来，且让我们只看眼前，载歌载舞祝贺新人。

谢道韫被扶上了牛车，一阵清脆的铃声响起，牛车缓缓而动，自谢氏的门庭中走出，走入葱郁的东山道，缓缓向着王家而去。有人在弹奏乐器，喜庆而热闹，有歌者跟在一旁反复咏唱："桃之夭夭，灼灼其华。之子于归，宜其室家。桃之夭夭，有蕡其实。之子于归，宜其家室。桃之夭夭，其叶蓁蓁。之子于归，宜其家人。"牛车悠悠，布幔飘荡，君子如玉，美人如花，金玉良缘，一段佳话，好似梦幻般美妙的童话。

秦淮河岸春意融融，巷口的柳树茂盛葳蕤，枝条垂在微风中摇摆，在还没有浸入战火纷乱的平和中热闹地生长着，它们曾目睹东吴黑衣铁甲的少年郎们的意气风发，也曾目睹晋王朝带来的烟柳繁华，今日则要见证一对新人的结合，见证两个士族的联姻。他们的背后是左右着这个王朝命运的风云人物，庇护着两个少年男女的锦绣姻缘，支撑着朝局稳定。

用一场盛宴换一世相守的缘，用喧哗繁华的一刹那换取百年执手的情。不知从何时始，自何人起，婚姻必要经过一场华丽而庄重的仪式，要在众人的见证下定下誓言，向天地神明和父母长辈们叩头致谢，感谢从此以后自己在这世上不再是孤单一人，有了自己的家和家人，岁岁年年相伴，子子孙孙延续。

歌声相伴，乐声婉转，人声鼎沸，牛车上的幔帷飘飘，悠然而轻快。纵然谢道韫恬静淡然，此时的心情也如同阳光下的泡沫般，轻盈而明亮，在四周欢喜的祝福声中升腾，飘入无边的天际。这是心底生出的藤，终于在这一天开出绚丽的花。

没有青梅竹马的共同岁月，没有甜蜜恋爱的过程，便一步踏入了婚姻，有期待，有失落，有欣喜，也有茫然和不知所措。长辈们的教导又落入耳中，出嫁后要上奉舅姑下待小姑，妯娌相处要和善，最后一条自然是要体贴夫君，夫妻同心方能生活如意。这些叮嘱在谢道韫看来并不难，相守必会相知，纵有意见相左时，又怎会舍得互相伤害？捧一颗真心给你，难道换不回一颗真心吗？若投我以木瓜，我必报之以琼琚，以结永好，难道他不是这样想的吗？

牛车虽走得慢悠悠，也有到终点的时候。踏着吉时的更漏，谢道韫到达了另一家的庭院。这里既熟悉又陌生，虽然随着年龄的增长没有再来过前厅，但和王家几个姐妹仍常有往来，后院内眷之处没少来过，只是这一次来到的是王家大宅的另一处院落，属于她和王凝之两人，是她的终身之所。此时她才恍然明白，原来少女时期在娘家所待不过是短短十几年，漫漫人生路，与自己朝夕相伴的竟不是爹娘，而是那个走在前面的年轻人——一个陌生人。

庭院内济济一堂全是道贺的人，人们欢笑着、簇拥着，不知谁说了什么，引来一片哄笑声。谢道韫被扶着下车，有人在抛撒花瓣，有几片落到谢道韫的头顶又滑下，自绢扇和脸颊间飘落，停滞在她的袖口，花瓣轻盈，静静地如同一只飞累的蝴蝶安静地停着。谢道韫微有些失神，忽然有人用力握了一下她的手臂提醒她跨过门槛，她才茫然地发现自己已来到正厅。这是第一次踏入王家的正厅，一切是陌生的，连脚下的地砖都是生硬的。素来大方稳重的她竟有些紧张，两只手在长袖中紧紧交叠握着扇柄，手心里浸出薄薄的汗。

仪式庄重而严谨，每步都在众目睽睽下完成。谢道韫表现得落落大方，没有半丝扭捏，举手投足娉婷有致。饶是如此，她心中却不以为然，小姐妹聚在一起时曾聊到过成亲，讲到其中仪式都羞红了脸，又似很向往，真正走在其中才知道有多累人，若不是心头一直忐忑不安，揣着一分激动，只怕支撑起来都很难。不知走了多少圈，也不知道行了多少礼，听了多少赞美，举着扇子的双手都僵硬了，还不如跟着叔父东山漫步与他人清谈更加惬意一些。

谢道韫终于可以坐下来了，但手中的扇子还得举着，等待着一生相守的人亲自来央她取下。室内闹哄哄的都在等着看新娘子，相熟的几个王家姐妹都在，若不是她们护着，不知有多少人将她扯起来。室内忽然一静，谢道韫隔着扇子影影绰绰地看见一个高挑的身影走近。姑婶们短暂停滞后再次哄笑，不知道她们又是如何捉弄他的，她忍不住想笑，再聪明的人今天也成了傻子，笨拙得可爱。

各种怪招出了一遍后，谢道韫终于放下手中的扇子。谢道韫的才名早就人人皆知，谢家人的风姿也是声名在外，但见到盛装的她这还是第一次。众人不禁低声赞叹，新嫁娘果然艳冠群芳，当真是一朵盛开的海棠。谢道韫原本准备大大方方地微笑着任人观看，还告诉自己一定要抬头看一眼新郎王凝之，毕竟是一生一次的华丽盛宴，一定要看看那个人是何等模样。打算是一种情形，做到又是另一种情形，嬉笑打趣声中，她终没有敢在众目睽睽下打量王凝之，只偷偷瞄了一眼，见他乌发高束，眉眼有着王家人特有的清俊，举手投足间有些无措，呆呆笨笨的，脸颊上还泛着红晕，果然是一个老实孩子。谢道韫心底隐隐满足，叔父眼光一向不错的。

所有人都出去吃喜酒了，室内再次安静下来。谢道韫有些饿了，但得了吩咐今天不能多吃，只得忍着。她坐得有些腰疼，便起身偷偷走到后窗处站一站。远远地可以听到整个庭院都沸腾着，谢道韫轻轻将窗推开一丝缝。后院一片清静，树丛中隐隐有微薄的灯光透出，微风卷着花香自缝隙间侵入，吹散了满室的脂粉香气。谢道韫深吸了一口气，自这里数步外是一堵粉壁，雪白的墙上爬满了藤萝，有数竿翠竹伸出墙头，把细长的叶堆挤出来随风摆动，风拂过，沙沙作响。

相似的庭院，不同的人，谢道韫自袖中伸出手，手心里那片花瓣还在，她一直双手紧扣将它护得严严实实的。这片花瓣陪她一起走过成亲的每一个环节，见证她正式成为王家的一员。纵使她在史书上留下的身影爽朗如男儿，毕竟也还是一个小女子，怀揣着一颗少女之心。她细心敏感，渴望着一份与众不同的爱恋，没有梁祝的悲情，但要有他们的相知。

那个时代都是先婚后恋，陌生的两个人被长辈们用红线牵在了一起，虽然有门当户对之说，但攀龙附凤也是一种常态。作为上流社会的贵女，谢道韫没有这种担心，门阀士族之家均以士族身份为傲，为保持血统的纯正性，他们的婚姻形成一个封闭圈。他们各领强兵遍布方镇，不必担心权力问题，不屑与皇族结亲，也不会与寒门的富豪结亲，虽然有了一定局限性，但门阀士族注重子女教育，个个学识不浅，对言行举止有极高的规范标准，再加上家势的显赫，生活上衣食无忧，比其他时期有才气的女子幸运得多。

一轮明月自墙后缓缓升起，酒宴还在继续，谢道韫静静地立在窗前，任清凉如水的月光落在脸上，夜色深沉，花香四溢，一切都是那么静谧美好。这个院落以后就是她生活的地方，刚才进来时她没有仔细观看，待以后慢慢欣赏吧。后院要种一些她喜爱的花草，最好设一个花房，还要辟一间自己的小书房。她的书一定不会比王凝之少，她喜欢清静，要有自己独处的书房才完美。虽然在娘家时也有自己的院落，但这里毕竟是要过一生的，一定要用心打理。

不知岁月忧愁的年少时光不过短短十几年，及笄后拜别双亲，嫁作他人妇，脱下少女时代的俏丽衣裙，盘起满头青丝，不能再任性嬉戏，行动举止皆要端庄，一举一动体现的都是娘家的教养，聪慧忍让是对新妇的要求，委曲求全只为阖家安顺。成为新妇后才是对脾气、性格磨炼的开始，没有了最初的优雅从容，初嫁的前几年不知会是怎样的一种忙乱，无人之处不知道流了多少泪，才能再次坚强出发。

谢道韫出生于世家，见过姊娘和嫂嫂们的各种为难，从中学会不少处世之道，更何况她本来就是一个聪慧的女子。她对于未来的生活充满期待，许多事等着她一件件地完成，未来在这个骄傲的姑娘眼中没有太多难事，初生牛犊不怕虎的新妇想到了可能遇到的一切。她千算万算，唯一没有算到的是那位将与她一生相伴的夫君，他若非良配，这一生她又该如何自处？

虽说女子该坚强独立，但若有那么个人可以呵护自己的一生，又何必非要颠沛流离？圆满的婚姻是不存在的，一切都是两个人的努力，从最初的摩擦到渐渐磨合，从陌路到心意相通，可以说是一种修行。

磨炼性格，开拓心胸，眼界从自身的小圈子扩展到整个家族的相处，一点点成熟、成长，强大而勇敢地直面每次艰难，终于明白人生不只是琴棋书画，也不只是男女情爱。

此刻，谢道韫还不能体会到人生的艰辛。虽然聪慧的人有预见性，但是人年轻时都有那么一段被感情冲昏头脑的时候，此时的谢道韫也同样沉浸在对未来的期待中。隔窗眺望，绿意盎然，隐隐传来前头的笑闹声，身后的龙凤烛不时爆着烛花，有一种闹中取静之感。不孤立不远离，但又不杂乱不侵扰，以后的岁月大概也会如这般吧，他在外面挡着风风雨雨，而她只需要做一个小女人，守着这一方净土。

3. 心意难平

　　未曾经历风雨的少女们心中总是一片晴空，即便偶尔有风雨，也不过是一时之气，总以为风雨过后就会是彩虹，期待黑夜过后便是黎明。殊不知生活便是由一个个数不清的麻烦组成的，更何况在那样一个动荡的时代，一生平安都是一种奢望。

　　新婚后的谢道韫很快进入了新妇的角色，琅玡王氏的严谨家风与谢家不分伯仲，各种规矩和行为规范对于谢道韫来说得心应手。王羲之夫妇崇尚自然，对待家庭的态度和谢安夫妇相似，又是看着谢道韫长大的，自然待她亲厚。小姑们都是自幼一起长大的姐妹，对彼此的脾气性格都很了解。谢道韫的婚后生活可谓平静无波，轻易便过渡为王氏大家庭中的一员。大多数新婚女子的不适应在她这里不存在，她不过是从这个门跨进另一个门罢了。这也许便是叔父谢安的一片苦心。

　　和大多数新婚的女子一样，谢道韫也进入了与丈夫的磨合期。面对自己的夫君，最初的羞涩感已消失，取而代之的是一种愤懑。玉树临风的新郎王凝之很快便从云端跌入人间，即便再风度翩翩也不能掩盖他的性格，与自己格格不入的脾性让谢道韫难以忍受。

人在年轻气盛时总是无法忍耐不默契的相处模式，越是如此便越在内心否定一个人，对方的一举一动都觉得无法忍受。成亲前种种梦幻般的期待被现实击得粉碎，本以为此生不过如此，平淡而充实，最麻烦的不过是处理后院各种繁杂的人事关系。种种都想到了，万万没想到的是夫君不是自己想要的。如果仅是性格不同还好磨合，不承想竟连沟通都有障碍，无法走入对方内心深处的探寻让人失望又疲惫。

踏着春日盛景，谢道韫带着满腔的不满回到娘家。在亲人的环顾下，她强颜欢笑陪着婶母和姐妹们聊新婚后的种种，有时不得不借口出门透气才能把心中的烦闷藏起来。终于，众人散去，她回到自己曾经居住多年的院落。院落里的一切还是原来的模样，墙角花圃里，她之前种下的各色蔷薇在争奇斗艳，熟悉的景象让她舒服了许多。她很后悔答应叔父嫁了这样一个人，他竟笃信五斗米道成痴，平日里常踏星步斗，拜神扶乩，对于她的随性总是指东指西的。她是一个新嫁娘，纵有百般不满也不想与他斗气，所以大多时候听着他兴趣满满地讲道，她冷眼注视着他，口是心非地应答着。

熟悉的庭院让谢道韫安心了不少，她对于每条小径、小径上的每块石子、每个角落里长着什么花草都清清楚楚，各色花木从身侧拂过，暗香浮动勾起不算久远的记忆。她清晰地记得读某本书时曾在哪棵树下流连，以至后来再翻到那本书时，似乎能闻到当初的花草香气。这种完全的放松让谢道韫的心灵有了一种安定感。

如果女子可以不用成亲该有多好，谢道韫坐在树下她常坐的石级上，仰起脸任阳光透过枝叶落在眼睑上，感觉到微风吹动下树影的斑驳流动。轻风好似一只温柔的手，拂过她的鬓角。她屈起双腿，双手环膝，长长的裙子在石级上铺展开来。人生不能重来，时光挽留不住，青春再美好也终要渐渐远离，接下来面对的便是责任，是义务，是付出。没有人能永远不长大，等待着别人的呵护，而每次蜕皮成长都是一个痛苦的过程。

时代局限了人们的思想和行为，谢道韫所在的东晋对于女子相对宽容，也仅是相较其他封建王朝而已。虽然可以光明正大地结伴游玩，可以在不幸福的婚姻中提出和离，但许多根深蒂固的思想不仅流在男子的血脉中，也在女子的心底盘踞。

王浑与妻子钟氏曾坐在庭内闲聊，看见他们的儿子王济经过。王浑欣然而叹，看看我生的儿子，无论哪个方面都很出色，真让我安心呀。钟氏听到不以为然，笑着调侃，若是我嫁给你弟弟王沦，生出来的儿子比这个还要优秀呢。夫妻两人打趣，若是放到现在不过是平常事，却被记入了《世说新语》，可见这段玩笑在当时是惊世骇俗的。女子能和丈夫大胆自由地说笑，甚至触及封建时代女子的妇德。从书中记载来看，不仅没有批判，反倒有一丝调皮可爱在其中，可见当时的社会风气。谢道韫也是一个豁达之人，然而她不能和王凝之这样轻松地聊天，他一板一眼的作风，有些偏执的坚持，不易玩笑。

隆冬之时，荀粲的妻子病重，高烧不退，荀粲出门卧于雪中，待身体凉了再怀抱妻子为其降温，然而妻子最终还是逝去。她病重时曾

109

将莲枝腰带裁断送给丈夫，多少情义便在这一断中，生不能相守，那便自此断开不再挂念。然而她的愿望没有达成，荀粲在她死后不久便由于哀痛过重而逝，追念妻子而去，年仅二十九岁。谢道韫曾为这些典故感叹过，也怀疑过，完全陌路的两个人竟可以情深义重到这一步吗？此时心烦意乱的她越发不信，若是她生病了，王凝之能做到这一步吗？他一定会去焚香求神，等待神助了。思及此处，谢道韫的胸口越发疼了，如此夫君，这一生该如何面对？

无论如何掩饰，叔父谢安还是感觉到了侄女的情绪，他主动找到谢道韫，决定与她好好谈一谈。傍晚时分，天色渐暗，平素里热闹的厅堂此时安安静静，谢安和谢道韫分别坐于上下首。成了新妇的谢道韫容颜秀丽，举止雍容，比未出嫁时更添一段成熟雅致，嘴角永远是三分礼貌的笑意，落落大方。谢安实在不明白，侄女的烦恼在哪里？

谢安没有绕圈子，单刀直入地问，王凝之是不是欺负你了？谢道韫摇头。得到这个答案，谢安放心了，这也在他的意料之中，因而他就更加不明白了。他继续追问，王凝之才华不能算是出众但也不是庸才，写得一手好书法，为人笃实稳重，不知道是哪里惹你不开心呢？面对自小疼爱自己的叔父，谢道韫敞开心扉，她回答："一门叔父，则有阿大、中郎；群从兄弟，则有封、胡、羯、末。不意天壤之中，乃有王郎！"谢安怔住，不由得苦笑。

谢道韫所称"阿大、中郎"指的是谁，一直众说纷纭，有的说指谢安兄弟，有的则认为是王家兄弟，不过不论是哪种说法，皆是才高八斗的风流名士。"封、胡、羯、末"指谢道韫的兄弟们，"封"指谢韶，"胡"指谢朗，"羯"指谢玄，"末"指谢琰。其中谢玄和谢琰都是淝水之战中的名将；谢朗还在幼年时便和名僧支道林研讨玄理，逼得支道林无言以对竟致纠缠不休，可见其少年时便才气满满、锐不可当；谢韶是四位中最优秀的，可惜慧极易折，年纪轻轻便去世了。这些兄弟个个才华出众，不仅文采飞扬，还皆善清谈玄理，为人处世皆师从叔父谢安，性情豁达而不拘泥，飒飒如林中风，朗朗如岩上松，风流蕴藉，洒脱不羁，普通士族之家的子弟难以匹敌，只有琅玡王氏的子弟不相上下，偏偏这王凝之是一个另类。

谢安也曾想过会是这样的结果，但他是一个乐观主义者，作为男子，他思考的角度和谢道韫是不同的。家和万事兴，在他眼中，谢道韫的这些苦闷不过是小女儿心态，更是一种离家后的不适应，同时也微有些骄傲，他教出来的子弟岂是其他家可以比拟的？但是看到面前几天未见便已消瘦的谢道韫，谢安觉得自己有必要跟她好好聊一聊。

谢道韫是个聪慧有主见的孩子，对自己又言听计从，谢安从未担心过她处理不好自己的家庭生活，唯一不放心的是她的才气和骨子里那份须眉男儿的气概。若是她能生为一个男儿，一定比一众兄弟还要出色。可惜她是一个小姑娘，不仅不能再和兄弟们济济一堂谈笑风生，还要嫁到别人家和后院妇人们一起消磨时光，空有一身才学却无处可用。未曾出嫁时还能与兄弟们不时清谈辩论一番，嫁人后如若王凝之不善于此道，她便再不能如从前一般与男子谈玄说理了。这样的改变无疑是鸿雁困于笼，心中苦闷可想而知。王凝之正值年少，不懂夫妻相处之道，不能理解妻子的想法，两人相处便不会融洽。

不能改变一切时，便要学着去适应。身为一个女子，不能开疆拓土，那就要在自己的环境里学着自强乐观。所谓岁月静好，也不是坐等其成，而是一分耕耘一分收获，若不勤快打扫，等待你的便是一片荒原。你排斥的必然也排斥你，你不喜欢的也不会喜欢你，花木尚有情义，多费心思便欣欣向荣，更何况人心？你不主动走近，别人又怎会轻易敞开？

在谢道韫所处的时代，从嫁人那天起，便是人生成长的另一个阶段，如同男儿步入社会，压力和幸福同在。你要认真地对待身边的每个人、每件事，那是你一生所要沉浸的大池，除非永远离世，否则你便要深入其中。碧湖白莲，亭亭玉立令人仰慕，其中的艰辛他人可知？它必须深埋于湖底的淤泥之中，再伸出长长的茎，一直努力方能穿透阴暗的湖水，在晴空下伸展出碧绿的叶，绽放一朵不染纤尘的花。所有的努力，只有付出者才能知道，也只有付出者才能享受其成果。

虽然话题有些沉重，但谢安相信谢道韫能懂。她的才华是她自幼努力的积累，她应该懂得欲要取得必先付出的道理，她不会害怕生活的种种艰辛，园丁只有流下汗水才能收获一院花香，这些道理不必他讲，谢道韫都知道。她只是一时无法接受改变。

叔侄两个谈了很久，一时兴起还辩论了一番。谢安用自己的行动告诉她一切都没有改变，她可以随时回来和家人畅谈，谢家是她永远的落脚之地，不必自怨自艾，没有人是一帆风顺，如何让生活过得顺心遂意，是一生的课程。

万物需要成长，人类也同样，一个人的品质并不是开始就能看出来的，有时候需要生活的磨砺才能渐渐显现，更何况这品质还会随着生活的改变而改变。要有陪伴彼此成长的信心，也要明确自己所要的是什么，努力前行，不轻言放弃，用宽容的心胸包容一切，便不会在风雨来临时悲观失望。

谢道韫静静地听着。虽然从小便聆听权父的教诲，但这种长谈、深谈是很少的，叔父是一个大忙人，能坐下来陪伴子侄们的时间很少。谢道韫喜欢这种静谧而安心的感觉，她曾有一刹那想着和离，若是能不出嫁，永远留在家中，也不错，但那只是脑海中闪过的一瞬的念头，很快就被压至心底。她知道那是不可能的，在这个家族里她不再是一个个体，而是整个家族的一根链条，仅这几天她的消沉就已经惊动叔父来询问，她的婚姻若有波动，只怕两个家族都会被惊动。这样备受关注，真不知道是一种幸还是不幸。

夜晚来临，一切都安静了下来，花园里偶尔有虫鸣鸟唱，谢道韫的心已如窗外的风一般渐渐平静了。世间能让人安心的地方就是家，她忽然想到叔父说过的，如今王家才是她的家，需要她用一生的时间努力去经营。

王凝之发现自娘家回来后，谢道韫有了一些改变，对自己不再那么苛求，宽容了许多，对于自己的信仰也不再那么挑剔，这让王凝之很感欣慰。他觉得生活的空间开阔了许多，于是他对谢道韫也比之前体贴了许多，而谢道韫则把更多的时间投放到了书卷和家务中去。虽然许多时候她依然看不惯王凝之的所作所为，也因为他的呆板而感到失望，但她尽量忽视这一切。这世上的人千百样，不能强求人人都是自己喜欢的模样，即便他是自己的丈夫。

再次回到娘家省亲时，谢安发现侄女和上次相比有了很大改变，不再默默无语，也不再关注别人的评价。她变得更自信、更阳光，她不再依赖在别人的身侧，更多的时候，她保持着微笑静静地立在一旁，用一种聪慧的、洞察一切的目光审视着周围的一切，偶尔有小辈扑上来弄脏了她的衣裙，她也没有像以前那般皱眉。她关注的不再是别人的目光，而是自我的成长。她似乎更关注生活的方方面面，听婶母讲如何管家，听叔父如何给子侄们讲学，听兄弟们如何玄辩。谢安很感欣慰，感情也是生活磨炼的一种，婚姻使人成长，素来骄傲的侄女终于沉下心来，最难得便是"心静"两个字，唯有静下心来才能认真地感受，方能体会点点滴滴的小幸福。

生活终于再次归于平静，一切如最开始一样没有波澜、没有起伏，外人看来是静谧而幸福的，只有身处其中的人才知道是什么滋味。这样看来，别人家也并不像自己看到的那么美好吧？只是大家都在努力，努力让生活美好，努力让家人幸福，如果那些付出能得这样一个结果，那一切都是值得的。

谢道韫渐渐寻找到生活的平衡点，将一切处理得得心应手，除了夫君不是理想的那个人，但总算没辜负所有人的愿望，过得平淡而安稳。这个丈夫没有经天纬地之才，但也不会做什么出格的事，跟万千凡人一样，是一个平淡无味的人，这就是父母辈所期望的最平实而安全的生活吧。

生活总要向前走，无论最初求的是什么，最终都要落到平凡的每一天。谢道韫偶尔回到东山，坐在高大的桂花树下凝神，感受山风的温柔。

落花流水春去也，年年岁岁花相似，岁岁年年人不同。当桂花落下时，谢道韫已有了自己的孩子，母爱代替了一切，充盈了她的整个心房，孩子软软的小手抚平了她眉梢的愁绪，开拓出了她内心深处的另一片海，柔软而宽博。

4. 红尘俗事

　　出嫁前的姑娘是云端的仙子，出嫁后便跌落凡尘成为一名无所不能的妇人。《红楼梦》里宝玉说："女孩儿未出嫁，是颗无价之宝珠；出了嫁，不知怎么就变出许多的不好的毛病来，虽是颗珠子，却没有光彩宝色，是颗死珠了；再老了，更变的不是珠子，竟是鱼眼睛了。分明一个人，怎么变出三样来？"并非女子出嫁就生出许多毛病，而是一个人的品质随着岁月的沉淀一点点显露出来，生活的磨砺让她们渐渐抛弃了对生活的热爱，丢失了少女时全部的梦想，接受了诸般无奈，被迫认同了生活的模式，用一种怀疑的态度看待人和事，不屑于年轻人对未来美好的憧憬，甚至做起了规则的帮凶，打击他们的信心，颠覆他们对于未来的期许。

　　很难有人能在无数的失败中依旧保持一颗纯真的心，尤其当懵懂的姑娘走入婚姻的圈子，忽然发现生活与过去完全不同，人际关系远比做姑娘时复杂，似乎一夜间人生发生了颠覆性的改变。这是新妇最艰难的时期，不知道夜深人静时哭了多少次，才渐渐磨炼出一颗强大的心，学会微笑面对一切，或长袖善舞，或旷达宽容，或沉沦阴郁。

眼泪越来越少，只有看戏文时才会莫名地泪流满面，一颗早已被凡尘包裹的坚硬的心霎时变得柔软脆弱，只因生活中早已不许人任性，只能在虚假的戏文里尽情地哭一场，找到当初那颗少女心而不被人嘲笑。

袅袅如仙子般的谢道韫从跳入红尘开始便不能免俗，她和所有的出嫁女一样，从闺阁中走下来，从书本中跳出来，接受杂乱的俗务，对内孝顺舅姑，善待婆家兄弟姐妹和妯娌，照顾丈夫和孩子；对外处理好亲戚关系、礼尚往来。依旧纤瘦的身体好像变为钢铁所铸。

东晋初嫁的女子和其他时期的王朝并无差别，首先要做到的一条便是恭顺，侍奉舅姑。晋人庾衮曾在侄女庾芳出嫁时训话，要求她出嫁后孝敬舅姑，打理内外，洒扫收拾，如此为人妇才算贤良。虽然作为贵女的谢道韫不会从事洒扫这样的具体事务，但整个家庭的管理是免不了的。

在没有机械的时代，一切都靠手工来完成，便是贵为皇后，闲暇时也会纺些布匹。平日里谢道韫自然也要刺绣裁衣，那是未出嫁时便常做的，彼时还会和姐妹们比比针脚绣工，这些难不倒她，只是又多出许多任务来，有舅姑的，有丈夫的，还有孩子们的；同时各种史料都记录了魏晋时一家之妇的主要任务是主中馈，管理一家的饮食衣物及内院诸项事宜，生活要较闺中时繁忙。

贵族妇人们相对幸运一些，她们除了日常忙碌的生活外，还有娱乐的时间。射艺是儒家君子"六艺"之一，各种射礼活动一直是生活的重要组成部分。男子自不必说，在魏晋时女子也爱好此道，其中北方女子又较南方女子参与得多一些，有些女子的射艺甚至达到出神入化的地步。王谢两家子弟能文能武，自然也精通射艺。谢道韫在这样的氛围里生活，自然也是会的，只不知道她爱不爱此术。便是不喜靶场射箭，投壶大概也是常常玩的。

还有一项古老的游戏是棋类活动，魏晋时流行的是象棋和围棋，其中以围棋较为盛行。支道林称此为"手谈"，王坦之称它为"坐隐"，上至皇族高门、下至寒门庶人都很喜爱，谢安、谢玄叔侄均是个中高手。淝水之战前夕，谢安没有给各路将领任何安排，作为前锋的谢玄有些着急，出发前特意去请示这一场大战该如何打。谢安神情泰然，胸有成竹，只告诉他一句已有安排，便不再多言。谢玄不敢再问，但仍难心安，便请了好友张玄再去请示。谢安正与亲朋好友们在山中别墅相聚，见张玄来了，就让他和自己下棋赌一栋别墅。张玄平时的棋艺高于谢安，但此时他心乱如麻，很快败北。大获全胜的谢安微笑起身对身边的外甥羊昙说："别墅送你了。"然后呼朋唤友继续登山游玩去了，直到晚上才回来。这时，他才将谢石、谢玄等将领召集起来，细细布置了作战计划。

围棋已是魏晋生活中的一部分，《子夜歌》中曾以一个女子的口气写道："今夕已欢别，合会在何时？明灯照空局，悠然未有期。"可见女子们在日常生活中常用下棋来消磨时间，斗智逗趣。那时的门阀贵妇们不能奔波于江湖之上，无法游历千山万水，便只有闲暇时坐于池边水畔，或坐于凉亭水榭中，或坐于花木深处，下棋打赌，嬉闹聊天，一生的岁月都用来牵挂父母、丈夫和孩子。

樗蒲是一种博戏，趣味性很强，有些像后来的掷骰子。这种游戏西晋时便已风靡整个宫廷，一直发展到民间，女子中也颇流行。谢道韫和姐妹们不知玩了多少次，嫁入王家后也常常与妯娌在一起赌彩玩耍，遇到节庆之日，宴饮之后更是要玩个尽兴。

到了一年之末，谢道韫早早带着家仆们准备新年事宜，各事项忙完，人已疲倦不已，慢慢地向回走，南方的冬天不是很寒冷，花木依旧繁茂，空气中流动着冷冷的香气。此时她全然没有注意到，心里不住地盘算着明天的各种宴会准备，新的一年各农庄上的事情要理一理，孩子们的学业如何准备……忽然，她停下脚步，隐隐听到有人隔湖吹笛，声音悠然缥缈。谢道韫静静地立在黑暗中倾听着，似乎看到冰雪融化、春暖花开的景象，有燕子双双对对地飞过，小姑娘们在草丛中奔跑嬉闹，一瞬间，她似乎回到了少年时，和姐妹们斗草，玩得不亦乐乎，汗湿了长发粘在额上也不觉得辛苦，回去后总被娘打趣，呆乎乎的花脸好似院中的那只老猫。

那时总觉得岁月漫长无边，不知什么时候才能穿上大姐姐们那样的衣裙，每年除夕后便盼来年。谁承想，岁月无痕，转眼已是儿女成行，曾经以为永远也不会厌倦的游戏也不再喜欢，曾经喜欢吃的食物也不再爱吃，人生不再是单纯的玩耍读书，幼年时的一些梦想有些完成了，有些只能当作一场梦，再不会轻易被别人的喜怒所左右。她找到了这个世上最强大的精神支柱，那便是自己的内心。

一曲终了，谢道韫不知不觉已漫步到湖边，临湖而立，湿漉漉的风扫过眉眼，带着淡淡的草木清香和水草的腥气，夜晚的雾气升腾，笼在湖面上，隔岸隐隐看见水榭中灯火通明，有一种恍若隔世的感觉。她早已忘了刚才对于明年的盘算，心中满满的感触，如若有机会重生，回到当初奔跑嬉闹的年纪，要不要选择现在的生活？她竟然不知道答案了。

身后的花丛中传来一阵杂乱的脚步声，有笑声闹声传来，枝叶间灯光摇曳，有人跑得气喘吁吁，有人奶声奶气地呼唤："阿娘。"谢道韫微笑着循声望去，草木深处的小径中有人影跑出来，是自己那几个调皮的孩子，哥哥小大人一般守护着妹妹，妹妹伸着小手向她扑过来。谢道韫的心霎时被温情充满，她笑着迎上去，抱住儿女软乎乎的小身体，心底所有的母爱都被勾起。

人总要随着岁月变迁而成长，不可能永远停留在曾经的日子里，少年时期再美好，也不能永远沉浸在其中，四时风景不同，如同人生一世，无论是什么样的天气，都是一种体验。此时的谢道韫没有预料到，谢家也会随时局大起大落。

淝水之战是陈郡谢氏发迹的起点，由此，谢家自三流门阀一跃为顶级门阀，比肩琅玡王氏，辉煌了两百多年，到南朝时甚至皇族也难以高攀。南朝梁时，侯景颇受梁武帝重视，然而当他向梁武帝求娶王谢两家女儿时，梁武帝却断然拒绝了，并劝说他，王谢两家门槛太高，不是佳配，建议他去朱氏或张氏以下的士族里求一门亲事。这件事很伤侯景的自尊，但也无可奈何，在那时，门第的悬殊不是靠权力和金钱就能改变的。最终和侯景联姻的是皇族公主，可见当时皇族都比这两族容易联姻，由此可见谢氏门庭之盛。

谢安从东山翩然而下，本来不过是为了让家族有人在朝支撑，不承想引领着谢氏走入了家族最辉煌的时期。谢安、谢石、谢玄、谢琰纷纷出仕，各领军马驻守一方，手握方镇大权，一时间成为东晋军政的中坚力量。

376 年，北方的前秦统一了北方各族，国力大增。英雄心中总有一个纵马江湖一统天下的梦。前秦皇帝苻坚看到巍峨的北方山峰，豪情万丈，认为收复南方的东晋、天下一统的时机到了。有人来劝阻时，他不以为然地回答，前秦士兵们若是将马鞭投至长江中，可以致江水断流。前秦良将勇士诸多，偏安一隅的东晋不过是凭借长江天堑苟延残喘罢了。

383 年，前秦皇帝苻坚领八十余万军队挥帜南下，誓要踏平东晋。隔江而望，他信心十足，不承想，他遇到了一生的梦魇——谢安叔侄。他们在长江另一畔等着他，不仅让苻坚梦想破灭，还将前秦推向穷途末路，用前秦的覆灭为奠基，成就了谢氏一族光耀千古的美名。

384 年八月，淝水之战大捷后的谢安起兵北伐，东路由他看好的侄子谢玄率领北府兵自广陵北上，开始了轰轰烈烈的收复之路。北府兵是谢玄在谢安的授意下，在京口一带招募流民组成，是东晋王朝一把骁勇善战的利剑，曾在淝水之战中起到决定性作用。谢玄一路攻无不克战无不胜，先后收复了兖州、青州、司州、豫州，将南北的分界线由长江一线向北推至黄河一线，黄河之南的大片地区重新归入了晋的版图。这一年，谢安64岁，距他翩然下东山已有二十多年。这一年，意气风发的谢玄也已41岁。

385年四月，谢安主动交出权力，自请出镇广陵的步丘。他从早已空无一物的案前起身，所有积压的事务已清理干净，他掸了掸衣袖，拂去满身的尘埃，淡定地将象征位高权重的资料交出，转身离去，心如止水。一生重任终于可以卸下，从此天高路远任我逍遥。他出镇新城时携带全家前往，并打造出海的船只和一切必需品，只等天下大定一切安稳后泛舟海上，一路飘摇回东山。他怀念那里的兰亭，怀念曲水流觞，怀念山阴道上的桂花，怀念满架的蔷薇，怀念雾气缭绕的如黛远山。本是世外闲云野鹤，却不得不囿于权力的顶峰，在霜刀雪剑中稳如磐石，成就一番千古功绩。事了拂衣去，深藏身与名。然而他终于没能再回到东山，八月二十二日，他病逝于建康，时年66岁。山阴道上桂花再放，却再等不来那个千古风流第一人。他曾经踌躇满志洒脱下山，不承想一去不返，空留满山寂寞听鹤鸣。

同样功高盖主的谢玄被调回淮阴后便患上了重病，被召回京口休养，然而病情始终不见好转。他曾上疏陈情，自己兄弟七人，先后凋零殒灭，唯余他一人，孑然独活，心中悲伤沉重，但还要为了全族的遗孤而求生，因此请求皇帝将自己的职务解除。在前后上了十余道奏疏后，终于改任会稽内史，于是抱病去会稽任职。388 年，谢玄在会稽病逝，终年 46 岁。谢玄自幼与姐姐谢道韫感情深厚，去世时也和姐姐在一座城中，也许是上天感受到他们姐弟情深，便送他回到这里吧。

战场上的风华绝代最后渐渐沉寂，无论是意气风发的将军，还是绝代的佳人，最后都要随着岁月的变迁落入平淡的日子里。谢氏一姓虽凭着淝水一战拯救了东晋王朝，拯救了南方文化，但依旧逃不脱功高盖主的结果。所幸谢氏所持的是素退政策，胜利中总保持着一分清醒，在花开到极盛时便退下，渴望采菊南山下的悠然。然而一入红尘难抽身，虽然片叶不染，依旧被非议，功业未半，将军已逝。

在这几年里，谢道韫的泪水都快流干了，每次有噩耗传来时，她都下意识地逃避。没有办法改变命运时只有改变自己，为此无论付出多少都算不得苦，唯怕亲人离世。谢氏子弟大多体弱多病，去世较早，淝水之战狼烟未熄，谢氏子弟已相继凋零，这对谢道韫乃至整个谢氏打击都很沉重。

红尘一世，能得几人相伴而行，虽知分离在所难免，那一天到来时还是令人难以接受。谢道韫伤心了许久，甚至数月以泪洗面。精神支柱的倒塌和感情支柱的消逝让谢道韫无法承受，他们还没有好好欣赏自己血战保下的锦绣江山便已离去，东晋疆域向北推进到黄河一线，他们曾相约要共同回祖籍陈郡去看一看，谁料还未曾成行，便已化风而去。

纵使悲伤到极点也要撑下去，谢道韫已不再是任性而为的小姑娘，她已嫁入王家几十年，经历了自己父母的病故，兄弟姐妹们抱头痛哭；后来是王家舅姑的先后离世，陪着王凝之度过最悲伤的岁月。如今，天地苍茫只余他们两个人。他们的孩子已如东山的嫩笋，渐露头角，她不再是独自一人，曾几何时她也成了一家的支柱，她的羽翼之下亦有需庇护之人，有他们在，她又怎敢只活在自己的世界里？

不管你愿不愿意，自踏入这红尘俗世中，便开始了一场修行之旅。谢道韫是一个纯粹的人，最初的她渴望成为叔父一样的人，便心无旁骛地研习；成年后她渴望有一个幸福的家庭，即便是所嫁非人，她也不曾放弃过这个念头，一心一意地经营着一个庞大的家业和一个庞杂的家族。

5. 青绫幕幛

　　平淡安逸的生活过久了便有一种茫然感，谢道韫数不清自从出嫁后有多少日子被荒废了，开始是为了求心意相通、天长地久的爱情，后来是为了孩子，初为人母的欣喜和操劳交织，生活过得人仰马翻，似乎一直在为了埋头走路而走路。她已经不记得为什么会踏上征程，少年时的梦想终不过是一场清梦罢了。

　　谢道韫有些焦虑，似乎在等待什么，又似乎什么也没有。她隐隐感觉到自己丢了什么，却又遍寻不到，她在迷惘中不知所措，坐立不安。与她初嫁时的失望不同，那时她努力地适应王凝之，这时她却不知道该去适应什么，如同一个在林间忘记了目的地后又迷路的旅人，林深雾重，何处是征途？

　　孩子们在窗外嬉戏，她皱着眉看着他们弄破了衣服，又小心地四处打量怕被人发现；花园中仆人不小心弄翻了盆花，正狼狈地收拾；前几天庄园的账目有些出入，账本正摊开在案前，看起来凌乱无章。谢道韫叹了口气，生活中最磨人的便是这些琐碎的杂事，一件接着一件，让人烦心，处在其中久了，便会疲倦无力。谢道韫揉了揉眉心，难怪姐妹聚在一起时，常言女子最幸福的岁月便是没有出嫁的那十几年，出嫁一时的风光赔进去的却是一生的操劳。也难怪自己为人母后方知报父母恩，因为不深入其中就无法感同身受，当年的他们也是如此度过的，而那时的自己则是任性的。

谢道韫本是最爱到花园里走一走的，但现在她也懒得去，一路行来她会关心花草侍弄得如何，会留意小径是否干净整洁，不时还会遇到叔婶和妯娌，要停下脚步听她们的抱怨和需求，孩子们会来缠着她要东要西，下人们也会不时跑来汇报各种杂事。千头万绪，无处安生，她本是一个洒脱的人，却被这些红尘俗务缠身，有一种作茧自缚的烦躁。

人生不是纯净无垢的水晶，有着自己独有的凡尘味道，绚烂中夹杂着枯燥无趣，过久了也会烦闷。"行到水穷处，坐看云起时"那种超然的境界，需要经过多少事、磨炼多少回方能达到？最初的最初，我们都是被那凡尘的花团锦簇所吸引，误入花丛深处，待春尽花事了，方知这世上不只有春暖花开。

谢道韫常常想起叔父和兄弟们健在的时光。彼时，但凡心中有事，她便习惯回到娘家去。如果叔父谢安碰巧闲暇在家便向他讨教，或者和兄弟们畅谈一番，心中的包袱便烟消云散了。但是渐渐地，她越来越难和他们遇到，他们在朝中都有各自的官位，各种俗务让他们无暇打理家院，曾经一起嬉戏共读的家宅成了他们临时的落脚地。每次找不到叔父和几位兄长的时候，她便会去找弟弟谢玄。

谢玄儿时身体不好，多次病重，让人以为难以成年，谁知也这样一路病恹恹地长大了，成长为风华绝代的一株谢家宝树，这也是当年他人没想到的。可能就是因为他的病弱，让长姐谢道韫心存怜惜，众多兄弟中总是偏爱他一些，常将他带在身边，陪伴了他的整个童年。年龄上的差距也让谢道韫对他呵护有加，格外宽容他的所作所为。不论人与物，投入的感情越多就越珍贵，谢道韫对谢玄更是如此。

年少时的谢玄同姐姐一般聪慧，虽然他也曾有过一段年少轻狂的时光，但自被谢安烧了紫罗香囊后，渐渐地将一颗浮躁的心收拢回来，在叔父的教导下渐渐稳重成熟。谢道韫和他性格很相似，相处起来也格外融洽。

人与人的相交，不仅仅是利益的驱动和血缘亲情的牵绊，有时候也是一种缘分。即便是亲人，也会有道不同不相为谋的无奈，有时候不在一条路上的人，不论付出多少努力都无法拉近彼此的距离，而有些人却能在一夕之间有相见恨晚的感觉。所谓"白头如新，倾盖如故"，大概就是一种冥冥之中的缘分吧。

年轻的谢玄还只是桓温的一名掾属，杂务不算太多。他骨子里是典型的谢家人，崇尚老庄，喜爱山水，虽然成年后官拜建武将军、兖州刺史，但他的骨子里流淌着"五岳寻仙不辞远，一生好入名山游"

的血液。有一种人不论做什么都能做到极好，谢家很多子弟便是如此，出则挥斥方遒，入则长啸山林，谢玄也想成为这般人物，没有俗务缠身时，他便悠然地钓鱼。

谢玄对于钓鱼的热爱非比寻常，他常常将钓到的鱼做成腌鱼送给亲朋好友。《全晋书》收录了他的十篇文字，其中竟然有三篇都是他钓到鱼送人的书信，这三篇分别是《与兄书》："居家大都无所为，正以垂纶为事，足以永日。北固下大鲈，一出钓得四十七枚。"《又与兄书》："昨日疏成后出钓，手所获鱼，以为二坩鲝，今奉送。"《与妇书》："昨出钓，获鱼，作一坩鲝。今奉送。"可见钓鱼已是他生活的一部分，难怪王珉嘲笑他是"吴兴溪水中钓鱼的羯奴"。

知道谢玄在后山钓鱼，谢道韫径自向后山溪边走去。她缓缓走着，任花木拂过她的裙摆。她喜欢听草木的沙沙声，喜欢阳光透过枝叶落下的影子，肥大的叶片在头顶作响，衣裙上光影斑驳，有一种时光交错的迷幻感。现实与梦境似庄周梦蝶般难以分辨，前路花枝缠绕，绿荫浓郁，好似通向未知的境界。谢道韫渐渐停下脚步，小路的尽头，溪水淙淙，透过茂密的枝叶，隐约可见一人临水而坐，细长的钓竿伸至水流平静之处，一手执一竹简，仿佛融入天地之间。

谢道韫想到几年前的一天，她也是这般回到娘家，没有找到叔父，来后山寻谢玄却扑了个空，直至傍晚才见他醉酒而归，以一种无所谓的态度嬉戏玩闹。她在婆家便已从姐妹口中听到他最近一段时间的风流不羁，心中很为此焦虑，不承想果然看到了这样自我放纵的弟弟，以至素来温和的她发了脾气，将谢玄唤到书房厉声质问了一番："汝何以都不复进，为是尘务经心，天分有限？"此后许多天，她都没有再理会他，甚至有些后悔对这个小弟宠爱过了，曾经所有人都以为他会是谢家的一棵宝树，如今却枝条旁逸，让人痛心。所幸自那次后，谢玄深感惭愧，渐渐收拢心神，抛弃花哨的衣衫，外出饮酒的次数也少了，再后来便去了桓温处磨炼，又小心翼翼地给她送了好几次鱼鲊。她既欣慰又好笑，反倒放下心来。

谢道韫细细回味着那些温暖的记忆，心也静了下来，心底所有的浮躁渐渐化为一种安宁。生命如此短暂，家人的相伴相守是这么幸福、这么难得，急匆匆赶路的目的又是什么？追求极致是为了求一个什么样的果？她没有再烦燥、迷惘，得到了她想要的答案，她感到内心平静而安宁，这世间最美好的，莫过于家人健康平安了。

做事深入其中便会感到快乐，谢道韫每每沉浸书海中时，都感到生活充实而忙碌，看了千万遍的风景也因心境的不同而不同。谢道韫善诗文，对诗、赋、诔、颂等都有涉猎，只是许多著作已散落在历史的烟尘中，唯有两首诗和一篇《论语赞》保存了下来。但观滴水可知沧海，她的才气仍能穿透千年烟尘扑面而来。

魏晋时代流行清谈，名士们针对本和末、有和无等诸多哲学命题进行争辩，一方树立论点，另一方问难，试图推翻对方的论点，同时提出自己的论点，最后得出结论，评出胜方和败方。谢家人深谙此道，个个是其中高手。当年谢朗还是少年时便将名僧支道林辩得脸红脖子粗，支道林急了，拉着他不放，不取胜不许他回内室。谢朗的母亲王绥顾不得礼仪，哭着跑到正堂将孩子抱回。谢玄也是一名高手，同样是和支道林辩论，十几岁的年纪硬是和高僧辩了整整一天。天色将晚，支道林才告辞而去，路上遇到熟人询问来处，他回答今日和谢玄剧谈了一番，一时间成为美谈，流传至今。

谢家子弟清谈高手较多，自然离不开谢安的家教。谢安深爱这种争辩，常常组织众人清谈，王羲之为此还劝过他。一日天气晴好，两人同游冶城，谈古论今，相谈甚欢。王羲之对谢安说："夏禹勤王，手足胼胝；文王旰食，日不暇给。今四郊多垒，宜思自效，而虚谈废务，浮文妨要，恐非当今所宜。"谢安对此不以为然，他争辩道："秦任商鞅，二世而亡，岂清言致患邪？"便是此时，他依旧用辩论的方式表达自己的观点。

谢道韫是谢安最疼爱的侄女，深得其真传，又因自幼聪慧，熟谙经史，思路清晰，在内院谈议中从未遇到对手。因为受身份所限，她没有机会与支道林这样的大师对垒，世人对她的清谈才能也只是一种猜测。但历史终究给了她一次展示的机会。

一日，她的小叔王献之在家中举行谈议，来了许多名士，一时间济济一堂，大家高谈阔论，热闹非凡。厅堂上的辩论吸引了谢道韫的注意，她绕过后堂来到前厅，暗中倾听，不时为他们的机敏和丰富学识赞叹。渐渐地，嘈杂的声音消失，堂上只余小叔王献之与人对论，不多时小叔竟落了下风。谢道韫只觉许多论点小叔都没有注意到，这种如鲠在喉、不吐不快的感觉让她着急。她想了一下，派婢女去告诉王献之，自己可为他解围。王献之不是一个墨守成规的人，听到阿嫂能相助，立即欣然答应，让人在厅上设了青绫幕幔，请阿嫂端坐其内，隔幔与众人谈议。谢道韫接过小叔的论点，旁征博引，开阖大气，终将对手辩得哑口无言，拱手认输。她微笑起身，隔着帘幔回礼，倩影随即转入后堂，留给世人无限遐想。

这次谈议让谢道韫名声大噪，她却不过一笑了之，非是看透一切的漠然，而是关注点的改变。相较别人的评论，她更喜欢那次酣畅淋漓的谈议，可以让她从后院的生活里走出来，将所有的积累喷薄而出，这比任何赞扬都让她感到满足。她希望可以拥有这样的生活，可以让她读万卷书，行万里路。踏一遍让她感叹的那些英雄曾走过的土地，体会书本所不能带给她的触动。

腹有诗书气自华，谢道韫少时便博学多才，随着年岁的增长积累越发深厚。后世有评论家指责谢道韫对丈夫王凝之的不满是一种轻薄，他们无法体会两个不同世界的人相伴而行的苦闷，也没有看到不得不相守的岁月里谢道韫所付出的努力。东晋相较后世较为开放，对于女性的约束宽松很多。谢道韫可以和离再嫁，也可以在王凝之去世后再嫁，但她没有，还要苛责她什么呢？

谢道韫从不曾辜负韶华岁月，即便是不合意的婚姻，她也没有迷失自我，在烟火红尘中淡然自处，活出自己的风格，留下翠竹般的身影，得到林下之风的风骨之评。所有的姿态和风度，皆来自日常学识的积累、对精神世界深层次的追求，以及淡泊名利和率直的精神境界。谢安如此，谢玄如此，谢道韫亦如此。

第四章

回首已是百年身

1. 孙恩之乱

东晋政权本就是釜鱼幕燕，是世家门阀相互妥协、相互抑制后平衡出来的产物。世家掌权人物前有王导后有谢安，游走在士族权贵之间，支撑着整个王朝大厦，使东晋得以延续几十年的太平之世。最幸运的是生于太平年代的人，国泰则民安，没有战乱就没有朝不保夕的生活。

东晋在经过了轰轰烈烈的南迁后渐渐安稳，然而百年寿命中，各种叛乱兵祸不断。前期有王谢两家的斡旋和压制尚算太平，至后期皇帝无治国之能，各种势力再次抬头，打着不同的旗号扰乱朝政，侵杀平民。末年的东晋已是摇摇欲坠，在强劲的北风吹拂下艰难支持，如一艘寿命将尽的巨轮，残破的龙骨缓缓下沉，再没有力挽狂澜支起大厦的人，就此一点一点在历史的巨浪中沉没。

造成东晋王朝覆灭的原因很多，内部的不思进取，国家的根基不稳，各种不断的动乱，等等，其中以人祸最为惨烈。每次动乱都以平民百姓被血腥屠杀为代价，他们是这尘世间最平常的小草，昌盛时努力地生存着，战乱时被践踏在脚下，他们的生命从来不被重视，当他们对这个王朝完全失望时，这个王朝便到了穷途末路。

所有的事情都不是一个诱因造成，总是多种因素相互挤压，然后在适合的时候爆发，才会造成最后展现给世人的一面。若是追根溯源，或许会发现也许只是一粒小石子便造成了整个大厦的倾倒。

孙恩的祖上孙秀出身于琅琊孙氏，原来只是赵王司马伦手下的一个小吏，但他善于揣摩司马伦的心意，帮他出谋划策，后一步步高升。他怂恿皇后贾南风废掉并杀死太子司马遹，然后又设计废掉贾南风，大肆铲除异己，杀死巨富石崇，逼得绿珠跳楼，迫害有为之臣张华、解系、解结、裴颀等，且他本人贪污受贿，睚眦必报，可谓恶贯满盈、罄竹难书。最终善于钻营的他也尝到国乱的恶果，被另几位起兵的王杀死。

孙秀如同一个跳梁小丑，在历史的夹缝里演出，丑陋而狰狞。后辈孙泰继承了他的风格，在永嘉之乱时衣冠南渡来到三吴之地，因为信奉五斗米道并继承了前辈的衣钵，受到当时一些名士的敬重。正在此时东晋爆发了王恭之乱，同样善于钻营的孙泰认为晋王朝已经穷途末路，是该他揭竿而起一呼天下应的时候了。他利用自己在教中的身份，打着讨伐王恭的旗号，纠集了一堆徒众准备起事。可惜他只看到了别人的末路，却没有看到自己的，事未起便被握着王朝命脉的司马道子发觉，转眼便和孙秀一样成为刀下鬼，连带着几个儿子全部倒在血泊中。

王恭之乱造成了国家的动荡，也让军队的力量受到了重创。为了增加兵源，以防再起兵祸，隆安三年，司马道子的儿子司马元显下令将三吴各郡公卿以下被转为荫客的官奴都移置建康，以补充兵源，当时被称作"乐属"。一石激起千层浪，这一做法顿时引起了三吴之地门阀士族极大的反抗，而此地的平民百姓本就被门阀压迫而不满，各种情绪交织在一起，三吴之地已成为一座涌动中的火山，随时会喷溅出毁灭性的岩浆。

晋王朝的颓势露出冰山一角，所有的前因都已准备好，各种机会也已成熟，善于抓住时机的孙家再次出场。这次是孙泰的侄子孙恩，他在孙泰被诱杀时已逃走，缩在海岛上东躲西藏，借助自己在五斗米道的身份寻来一些叔父的追随者，在海岛上聚集操练，寻找机会为叔父一家报仇。他终于等来了这一天，三吴民众怨声载道，群情激愤，压抑的怒火随时可能转化为反抗的力量，只等着一把大火将司马氏的统治推翻。

对于三吴之地的民情，孙恩了解得很清楚，他看到了希望，他便是那个点燃一切的火种，他身后是诸多五斗米道的信徒，只要他加以引导，便能燃烧整个东晋。于是他带人自海岛攻向陆地，最开始推进得很快，首先攻下了上虞，杀死了上虞的县令，接着又攻陷了会稽。此时，谢道韫的丈夫王凝之是会稽内史，纵然他是琅玡王氏的子弟，也同样不能幸免，做了孙恩的刀下亡魂。

王凝之的死让太平已久的三吴之地顿时陷入恐慌之中，毫无招架之力，各路属官被吓破了胆，不仅没有抵抗，还纷纷弃城逃跑，置满城百姓的生死于不顾。而孙恩每到一处便会消灭所有的反对势力，强迫百姓追随他，不愿意便屠杀殆尽，如此狠厉的手段让百姓惧怕不已，只得追随。所以，孙恩在三吴如入无人之境，刈麦般轻易地攻城略地。

孙恩将一众追随者们称为"长生人"，并自号征东将军，以期待长生不老，永生永世。他们忘了，不久前在他们面前倒下的王凝之同样是五斗米道的信徒，同样以为天将降神兵，给他带来希望和转机，然而哪路神仙也没有回应他的期待。

不知底细的三吴八郡民众早已不满司马氏的统治，他们平素的精神寄托大多是五斗米道，此时听到孙恩之众如此轻易就破了城，一时都将他视为神人，纷纷响应孙恩，追随者增至十万之多。他们相信孙恩是神派来的，可以带领他们不再受士族的欺压，获得重生，相信有一个美好的未来在等着他们。然而他们所托非人，孙恩不是英雄，只是一个奸雄，他们付出生命的代价，换来的不过是黄粱一梦罢了。

孙恩带领信徒横扫三吴后，东晋王朝才真正开始紧张。原来没放在眼里的小乱已成燎原之势，再不剿灭，必将吞噬整个王朝。于是朝廷派出淝水之战的功臣之一、谢道韫的从弟谢琰。

谢琰是谢安的儿子，继承了父亲的特质，气度恢宏，仪态风雅。他初次与孙恩交锋便将他击败，并斩杀了两大叛军首领，使孙恩不得不再次狼狈逃回海岛。谢琰未曾吃过败仗，便生轻敌之意，认为孙恩一伙不过是乌合之众，不堪一击。他到会稽后不修战事，不安抚民众，对属下将士们的劝谏也不以为然，常拿当年的淝水之战相较，认为旁人小题大做。

隆安四年五月，孙恩再次攻向会稽。战事报来时，谢琰正准备和手下将士们用饭，听到消息，谢琰豪气冲天地宣示灭了敌寇再回来吃，如当年关羽温酒斩华雄一般。在他看来，孙恩不过是个没什么能耐的跳梁小丑，自己带着正规军出马，灭敌不过是片刻之事。

谢琰内不能体谅下属，外不能安抚百姓，被过往的光环蒙蔽了双眼，在风浪中没有守住一颗沉稳的心。可惜孙恩之乱时谢安已逝，无人相劝。

谢琰带人马在狭窄的河塘之间穿过时，被敌军从船中射箭攻击，前后路都被隔断，就此被困于千秋亭，等待他的将是一败涂地。马革裹尸还本就是将军们心中悲壮的归途，那是血战沙场的一种壮丽，是英雄胸怀天下的一种伟岸。然而，谢琰的帐下都督张猛没有这份胸襟，就在谢琰还在思量如何突围之时，他突然出手击杀谢琰。谢琰便这样轻易地死于自己人的手下，一生戎马，甚至不能保护自己的两个儿子。

读至此，掩卷叹惜，英雄怀赤胆，不抵小人包藏祸心。

谢琰之死震动了整个东晋王朝，士族人心惶惶，派出当年北府兵的龙骧将军刘牢之对抗孙恩，终于将孙恩再次赶回海岛。但孙恩并不死心，仍不断进犯，试图率军直取建康。

当时还是刘牢之麾下将领的刘裕多次在海盐、丹徒等地将孙恩打得溃不成军，孙恩夺取建康的图谋不但没能实现，反而实力大损，被逼得一路败退，又一次龟缩海上。次年，桓玄取代司马道子父子执掌大权，孙恩趁机再度发动进攻，但被临海郡太守击败。至此，他多年来在三吴之地掳掠的徒众损耗殆尽，仅余数千人，根本无力再与官军对抗。眼见大势已去，无路可退，为避免被俘，孙恩投海自尽，对他深信不疑的信徒和他的妻妾共数百人随他同时跳海，孙恩之乱自此平复。

三年的战乱带给三吴之地的是一片狼藉，孙恩带领的信徒一路烧杀抢掠，所到之处白骨露于野，千里无鸡鸣。这场战乱也间接地使东晋的军权转移到刘牢之手中，门阀子弟再无手握重兵的权力。东晋的政治平衡被彻底打破，最终被刘裕颠覆，覆灭在历史的海洋中。

史书浓墨重彩书写的是王朝的变迁，而这些巨变是无数无辜枉死的生命堆积起来的。陈郡谢氏在此次战乱中备受重创，不仅损失了谢琰与其两子，同时还有吴兴太守谢邈、黄门郎谢冲。而在会稽艰难存活的谢道韫，心中又是怎样的一种悲伤？

孙恩之乱是一个时代的悲剧，是东晋末年的一场噩梦，也是门阀士族的一场噩梦，更是陈郡谢氏一族的噩梦，带给谢道韫没顶之灾。她自此失去了丈夫和儿女，还有娘家的兄弟子侄们。她花团锦簇的人生戛然而止，后半生唯有寂寞孤独长伴。

谢道韫深恨，恨明月不常圆，恨世道不安稳，恨人生际遇起伏不定，恨孙恩残忍暴虐，但再多恨亦无法抹平心伤。战乱总会过去，破坏的家园会重建，四散逃难的人们会归来，然而战乱在人心上留下的伤痕再也无法消失。

2. 凝之之死

　　两晋以来，社会状况如秋日里的落叶，不曾见盛世大国的气象，反倒有一种朝不保夕的担忧。永嘉之乱的烙印一直在灼灼发热，提醒着世人安稳之下的暗潮涌动，王朝不稳，门阀权重，军权外放，整个王朝弥漫着浓重的危机气息。名士们无法接受现实的残酷又无力回天，只能寻找一个精神世界给予自己慰藉。

　　五斗米道在东汉时由张道陵创立，又被称为天师道、正一道，五斗米道的名称据传是因为入道时要交五斗米。它是道教早期的一个流派，其创立对于当时的士人来说是精神世界的一片净土，所以当时江南的士族大多信道教，尤其是五斗米道。在那个尚无科学概念的年代，人们对于鬼神的敬畏是发自内心深处的，因此对那些号称有秘术、能治病驱魔的道士奉若神明。据传道士杜子恭便有秘术，他奉行的就是五斗米道，曾是东晋上层社会的"活神仙"，还曾为王羲之治过病，孙泰便是他的传人。谢灵运的《山居赋》中也多次提到道教的传奇人物，可见当时的士族是真的笃信这世间有神仙，相信通过修道可以长生不老、得道成仙。

琅琊王氏也信五斗米道，在社会风气和家庭的影响下，王羲之的孩子们自然没有例外。王徽之与王献之二人皆生病时，王徽之听信道士所说的活人可自愿将寿命给予将死之人来为对方续命的说法，便请道士来为他们兄弟两人换命。可惜道士回答，你们两人皆要同去，你也没有什么余下的寿命了。兄弟情义至深，以至相信可以以命换命，可见日常也是信奉神仙道的。有一次，王献之的女儿玉润久病不愈，反而越来越严重。王羲之便写了一篇《官奴帖》自责，认为自己若严格遵循道家的训诫，孙女便不会这样，由此可见王家人对道教的信奉已深入骨髓。在这样的家庭中长大的王凝之自然也是一位忠实信徒。

谢安其实也信道，但他分得清什么是需要解决的大事，什么是用来修身养性的外物。谢玄也是五斗米道的信徒，但战场上他用的还是兵法和谋略，而不会把希望寄托在天兵天将身上。他们对道教的信仰更多的是一种精神寄托，是修炼自己心性修为的一种手段。唯有王凝之，对神鬼之事信奉到死板呆滞的地步。

王凝之和父亲兄弟们一样深信五斗米道，他平素的言行史载的信息太少，我们已无从知道，但从谢道韫那句有名的叹惜来看，他在日常生活中很有可能是一个迂腐之人，不懂得变通，不能根据形势来判断事情的走向，以至当孙恩的大军攻打会稽时，他还坚信神仙会来救急。僚佐们纷纷请他备战，他却不慌不忙，转身进了自己的静室去祈祷，念念有词，举剑作法，出来后信心满满地向左右道："大家不必急，也不必出城与敌人血战，我已经请了天上的神仙，他们会派诸多鬼兵前来相助，等着吧，这些小毛贼很快就会被剿灭。"于是整个会稽城便在王凝之的自信中落入孙恩之手，成为孙恩大开杀戒、扬名立威之地。

王凝之是可怜可悲的，他自幼所学所信早已深入骨髓，他已不能分辨现实生活和神仙道教的区别。在他眼中，大千世界和天外飞仙不过隔着一层云烟。所以，他一直很努力很努力，努力在求仙问道的路上越走越远。做一个合格的虔诚的信徒是他毕生所求，直到孙恩率军打开会稽的大门，敌兵像潮水一般涌入城中时，他还在等待，等待他信奉了一生的神仙们自云中飘落，挥手间敌人灰飞烟灭，还给他一个朗朗乾坤。

他也不相信，与他同样信道的孙恩会动手杀他。他们都是信徒，他们追求着同样的目标，他相信他们相见后是不会兵戎相向的，他可以同孙恩去谈，用这么多年专学的神仙道义来谈，没有什么是不可以商量的。

然而，他所求的没有回应，他所等的终没有来，城内的惨叫声、厮杀声震动着他的每根神经。他没有逃，始终守在那里仰望天空，直到敌人手中的寒光闪闪的刀剑出现在内史府的庭院中，他还在那里。

冲入内史府的那帮人也没想到会有人这么笃定，城破之时不思逃跑，竟然还有胆气站在这里。他们反倒有些害怕了，难道这里有什么伏兵？当他们小心翼翼地围上来时，却只见那人口中念念有词，似乎在等什么。有胆大的手起刀落，王凝之如一片树叶般倒在血泊中。一切如此容易，原来这位内史是傻的，会稽的大门和这傻太守一样都是纸做的。狂喜的他们不再惧怕任何人，开始疯狂地杀戮。

阳光温暖地照在脸上，轻柔如水。王凝之最后一次仰望天空，天空明净无比，纤尘不染。不知道山阴道上的花开了没有？今年再不能陪妻子儿女去赏玩了。父母早已逝去，兄弟们也均已仙逝，这次终于轮到自己了。死原来是这样的，流光飞逝，生命在一点一点地消散，枝叶间跳跃的阳光渐渐暗去。

没有忏悔，没有交代，大概王凝之自己都不会相信有一天他会死于战乱，死在刀剑之下。生于世家、长于世家的他一直没有思量过自己最终的结局，父辈和兄弟们都死于疾病，自己的结果也不过如此吧。妻儿围在床前，悲痛挽留。或许自己能幸运地羽化成仙，千山邈云汉，万壑觅仙踪。怎么也不会是死在敌人的刀剑下，倒在自己的太守府里。他的脸贴着冰冷的泥土，杀人者的脚步清晰地在耳边震动着，带着绝望的气息。

鸟雀被血腥的气息惊破了胆，自树枝间尖叫着掠起，白羽在光芒里一闪而过。此时会稽城内的人只怕还不如这鸟雀，等待的天兵天将没有来，涌入城中的只有带着煞气的地狱魔王。因为王凝之的缘故，整个会稽城几乎没有任何抵抗就覆灭了。

儿女们怎么样了？妻子如何了？弥留之际，王凝之能想到的只有亲人了。妻子是名满天下的才女，容貌秀美，天生有一种爽朗之气，更多的时候他觉得她比起自己更像一个男儿，如她的叔父一般洒脱自如，平素里待人接物井井有条，比他这个名义上的家主强了许多。他的内心深处是有些敬畏她的，她太完美，有一种凛然不可冒犯的美，从成亲的那一天起，他便觉得无法走进她的内心，无法读懂她的想法。他也曾努力试着走近她，但是他发现，两个人的沟通和喜好，不是你愿意便可以贴近的。他渐渐发现，他们的思想没有在一条路上。两人无法合拍这一点常常让她叹惜，便是坚强如她，有时也会偷偷地落泪。每次这样的情景都很让他心疼，但又无所适从，他不会哄她开心，劝解的话有时候反而会让她更生气，所以，有时他也后悔，她是好的，却不该是他的。

虽然他们无法心意相通，但这并不影响他们的生活，为了共同的家庭，他们都在包容对方。王凝之知道她的委屈，也知道她为此而付出的努力。她为他孝敬长辈，生儿育女，不论是坎坷还是坦途从未言弃，默默守在他的身边，用相伴的举动告诉他自己这一生的选择。他曾一度怕她会和离，她的两个堂妹也嫁到了他们王家，便在她叔父的安排下和离了，但她好像从未有过这方面的想法，这让他很欣慰。然而此时他后悔了，自己的生命走到了尽头，却连累了他们，若是当初和离了，至少她可以一世平安吧。

一生便这样结束了，越来越冷的躯体沉重如石，王凝之的双眼闭上了，再也没有睁开。孙恩手下的徒众们毫不在意地从他身上踏过，不时踢一踢他渐渐冰冷的尸体，嗤笑他的呆傻，庆祝他们的胜利。

王凝之的一生就这样结束了。他是王羲之几个儿子里最默默无闻的一个。他的书法得了父亲的真传，具有神韵，以草隶闻名，如果他只做一个书法家而不是一郡之守，又会是怎样的一段人生？会不会如戴逵一般一生淡泊，隐居不出，成就一番艺术事业？或如他父亲王羲之那般游山玩水，做一个闲散的方外之人。那样的话，也许这一生会轻松许多。

随着王凝之而去的还有他和谢道韫的四个儿子王蕴之、王平之、王亨之、王恩之，一家人在一夕间除谢道韫外全部罹难。虽然战乱中被杀不可避免，但这样惨烈的结局与王凝之的不负责任有很大关系。作为一家之主，他没有保护好妻儿老小；作为一郡之守，他没有保护好郡中黎民百姓；作为国家大臣，他没有抵抗敌人保护家园，败得一塌糊涂。

3. 群敌环伺

每个人都渴望国泰民安，没有战火侵害，岁月平静而美好，家人爱人亲朋好友皆平安到老，在夕阳西下的黄昏中追忆当年。然而生活就像一片海，时有风浪，覆灭一切生机。

自晋以来，会稽郡便辖管着今天的绍兴、宁波一带，因有一座会稽山而得名。此山风景秀丽，顾恺之称赞道："千岩竞秀，万壑争流，草木蒙笼其上，若云兴霞蔚。"相传远古之时，大禹分九州定天下，曾在江南计算诸侯的功劳，死后被葬于此山，因而被称为会稽山。会稽，会计也。

会稽和陈郡谢氏有着千丝万缕的联系，关系可谓深厚。当初谢氏南迁时便落脚于始宁县，谢安的父亲谢裒则是担任了剡县的县令。而谢安东山再起的东山便在会稽郡的山阴县，这里是谢道韫的家乡，是她出生和成长的地方，能和丈夫生活在这里，对于谢道韫来说无疑是归家般的亲近。

城市繁华、山水瑰丽，谢道韫和许许多多贵妇人一样，过着普通官太太的生活，照顾丈夫和儿孙，打理内宅，享受着与世无争的安稳生活，虽平淡却也幸福。不承想世事无常，国家动荡波及了每个子民，战争来临时即使门阀贵族亦不能幸免于难。

孙恩大军袭来之前，谢道韫曾苦劝过王凝之，要他在城内设防以准备抵抗外敌。然而固执的王凝之一直未曾听进去，在他心中，天师神仙的保佑更可靠，而且他也不信同为信徒的孙恩会真的打来。可笑他堂堂一郡之守竟迷信到了迂腐的地步，他甚至不去思量当年的淝水之战，那场以一敌十的胜利靠的不是天上的神兵神将，而是将士们的浴血奋战。多次劝说无效后，谢道韫不再去努力，她开始自己做准备，将府内的家丁仆众组织起来，训练教导，以备不时之需。

谢道韫在孙恩杀来之前未曾独自离开，而是选择了留下来和丈夫儿女们在一起，她生于这样的时代，有着这个时代的烙印。她的心里也还是抱着一份希望的，也许孙恩不会来，这里毕竟是重镇会稽，而孙恩带领的不过是一群乌合之众，难当大任，也许作乱一时就会被灭掉。但她忽视了整个东晋王朝的衰败，那已不再是谢安、王坦之等人在时的东晋，昙花一现般的鼎盛时期已然消散，王朝气数已尽。

谢道韫还在隐隐期待王凝之也许是对的，他自幼年起便笃信神仙道，琅玡王氏一门皆深信不疑，而孙恩正是天师，也许相同的信仰真的会让他们化干戈为玉帛。再或许，云层之上真的有神人存在。谢道韫毕竟是东晋的女子，那个时代，整个王朝上至皇族、下至平民百姓，人人皆深信神仙鬼怪都是存在的。更何况当年天师杜子恭的神迹被传得神乎其神，就连叔父谢安、弟弟谢玄都对他深信不疑，公公王羲之重病之时还曾让他来救治，可见神是存在的。谢道韫的家中还供着神仙牌位，若是上苍有知，请保会稽一郡平安，平息孙恩一众的叛乱。

谢道韫还有一点点的希望，那便是王凝之会幡然醒悟，组织军队，为抵抗孙恩做准备，并在战事到来之后正面迎敌，与全郡百姓共存亡。

当孙恩的大军打开会稽城厚重的城门，蝗虫般涌入城中后，所有的希望都落空了，坏消息一个接着一个地传来，阖府上下一片惊慌。谢道韫被围绕在诸多坏消息中间，心已沉到底，平常学习的诗书文字在此时毫无用处，能驱敌保平安的唯有手中的武器。没有时间用来悲伤，她立即组织全府的家人仆众聚于一堂，告诉大家不抵抗只有死路一条，让大家立即封住大门，拿起手中的武器抵抗杀敌，只要坚持就有希望。朝廷不会坐视不管的，徐州坐镇的是从弟谢琰，他一定会带兵来救助会稽城的。全府上下被主母的镇定和信心感染，群情激动，上下一心，守着整个府邸和孙恩的敌众对抗，刀光剑影，鲜血喷溅，终究寡不敌众，府门被破。

府中正在指挥的谢道韫听到这个消息后，有一种尘埃落定的悲壮感，生命之光也许在今天就要熄灭了。她手中的长刀缓缓垂下，四周响起一片抽泣声。她举目四望，退回来的男人和被保护的女人都在望着她，眼中满是恐惧、绝望和殷切的希望，她是所有人最后的救命稻草。谢道韫的肩头一沉，她想起了叔父谢安，淝水大战前夕举国震荡时，他依旧谈笑风生，指挥若定，她虽只是谢氏的一个女儿，但也要昂首挺胸而立，不做贪生怕死之辈。

谢道韫再次握紧了手中的刀，起身凛然而立，声音铿锵有力，越是危急时刻越要沉稳有力。她告诉大家，全府之人都是郡守的家人，如若放下武器束手就擒只有被杀的下场，不如冲出去，杀出一条血路，只要能逃出会稽城，也许会有一丝生机。

平时管家的都是主母谢道韫，虽然她很尊重丈夫王凝之，但是不论眼界见识还是处世气度上，她都要强于一家之主王凝之。府中上下受其影响颇深，也都是有血性之人，听到主母的安排，立即将她围护其中，共同冲出去。谢道韫毕竟是一个女子，而且已到中年，行动迟缓，很快便落在后面。众人找来肩舆让她乘坐，为了不拖大家的后腿，谢道韫没有争辩，抬脚就要上肩舆，忽然感到有人扯她的裙角，她一转头，看见这几天暂住在自己府上的小外孙正望着她哭泣。谢道韫弯下腰来，将外孙抱在怀中。小外孙太小，还不明白发生了什么事，只是看见众人的举动感到害怕，他的小手紧紧扯住外婆的衣襟，将圆乎乎的小脑袋埋在她的怀中。怀抱肉嘟嘟的小外孙，感受到幼儿生命的分量，谢道韫的母性被激发了，即使拼上性命也要保住身后的人。

孙恩的军队攻陷会稽城后遇人便砍，一路所向披靡，如刈麦般轻易地砍倒了半边。鲜血让他们杀红了眼，没有任何的抵抗让他们感到成功的兴奋，忽然遇到一队反抗之人，猛然有些慌乱，竟被谢道韫一众逼退了几条街。

谢道韫虽然是一个不曾上过战场的女子，此时也生出无边的胆气，一手揽着怀中的小外孙，另一只手举着大刀，借助着肩舆的高度优势，手起刀落砍倒不少敌人。他们一路砍杀，生生拼出一条血路，冲至城门。

然而嗜血的敌人太多，短暂的失措后对方迅速反应过来，没多久谢道韫就被困住，整条街都被堵住，染着鲜血的刀剑在阳光下泛着寒气。前路已无，谢道韫一众被围在狭窄的街道上，四周是狰狞的面孔和嘶吼声，望着谢道韫一行人就如同看待一群待宰杀的绵羊。

热血在一刹那冷了下来，谢道韫一行举刀背对背依靠在一起，心中乌云密布。最后那条路消失了，眼中余下的只有一片黑暗，求生的本能让他们握紧了手中简陋的武器。

孙恩之众没想到，遇到的唯一抵抗的人马竟然是由一位美丽高贵的妇人带领，虽然满身血污却不掩她清丽的面容，雍容的气度纵使在这座死亡之城中也如明珠般夺目。

孙恩也得到了消息，他纵马而来，想看看是什么人这么有胆气，敢公然和他们的信徒对抗。他自马上高高望去，一眼看到的是一位怀抱幼儿的妇人，她的身旁是倒塌的肩舆，鲜血、尸首之上，她持刀而立，如若寒冬中盛放的一朵梅花，傲然面对风刀霜剑。

孙恩家族也是琅玡的士族，渡江后虽然渐渐没落，但与这些高门之族也还有些来往。谢道韫的才女之名他早有耳闻，此时望见她这般铁骨铮铮，心中不由得感叹，难怪世人皆称陈郡谢氏风流天下无人能敌，便是在这样的战乱中，区区一位谢氏的妇人也能在刀剑血雨中不屈不畏，胆识气魄确非常人能比。

谢道韫在望见孙恩的那一刻便已抱了必死的心，虽然她只是一个生活在内宅的妇人，但对于孙恩的事她也有所耳闻。谢氏是他的仇人，他的叔父孙泰正因谢𫐐的告发而被杀，孙恩当年逃难到海岛时，没有一天不在记恨谢氏。但今日在修罗地狱的会稽城中，在狭窄的街道中，刀剑的寒光反射下，他望见了谢氏的一位女子，忽然明白了为什么世人会仰慕谢氏，谢家所传下来的不仅是琴棋书画的才气，还有那竹林七贤般的铮铮铁骨。

残阳如血，落入眼底只余一抹血泪，撑住这微弱的生命之光的是怀中的娇儿。小外孙已哭哑了喉咙，累倒在她的怀中睡着了，毛绒绒的小脑袋软软地偎在她的胸口。谢道韫低头便可以嗅到他身上淡淡的奶香，隔断了冷腥的鲜血味。她抬起头，已然下定决心止住家仆们的抵抗。她拨开人群走到最前面，冷静地告诉孙恩自己愿以一身承担一切，但是，大人们之间的仇怨、战争，与年幼的孩子无关。

有几人能做到刀剑架于前而色不变？英雄气魄不是抛开生死，而是面对死亡从容不迫，伸开双臂将伤害挡在身前。谢道韫一名女子，柔弱的身躯下是一颗坚定的心和广博的胸襟，被感动的不仅是世人，还有她对面的魔头。嗜血的孙恩缓缓放下了手中的屠刀，没人知道孙恩是如何想的，只知道他终于没有加害谢道韫，反倒派人将她和小外孙平安送回了家乡。

活下来的谢道韫放声痛哭，没有了丈夫，没有了儿女，此生唯余怀念而已，谁来拯救这绝望的生命？求死易，生存难。那是一段黑暗的岁月，孤独无助的她沉浸在悲痛中无法自拔。曾经无数个夏夜中，谢道韫仰望苍穹，面对满天繁星，她的内心深处又是怎样一种怅然？此生真的唯有一条路吗？人生最苦是没了希望，艰难困苦会消磨人的意志，但只要有希望，便可以很坚强。当这些都没有的时候，支持着坚强意志的又是什么？

孙恩之乱时，谢安已逝，谢玄已逝，王家名气最大的二子徽之、献之皆丧。这世间，和谢道韫最亲近的人几乎都已消逝，曾经济济一堂谈文论古的叔伯兄弟们都已成为一抔黄土，唯一可以依赖的唯有丈夫王凝之，然而他也倒在血泊中，不能给妻儿以庇护。天地惶惶，风雨交加，谁又能护她周全？眼睁睁看着至亲一个个倒在自己身边，又岂是一个痛字所能描述。

悲伤的尽头是什么？懦弱的人选择离去，孤傲的人郁郁而终，唯有坚强者如参天之木般挺立着。

4. 花落人立

"大都好物不坚牢，彩云易散琉璃脆。"夕阳晚照，一生至此只余回忆，忆当年东山时的年幼无知，忆乌衣巷中时兄弟姐妹一起嬉戏玩耍，余生寂寥，往事不堪回首。

江南又逢阴雨天气，轻盈的燕子掠过碧波留下一道细长的羽痕。不论经历了多么惨烈的战事，烈火烧去了多少村庄家园，几番春秋后，废墟中依然会有野草野花伸出嫩绿的小芽，勃勃生机，抚平曾经的满目疮痍，瓦砾中蔓藤丛生，交缠盘旋着开出艳色的花。踏过残垣断柱，掠过枯树苍山，春天终于来了。

温润的春雨带着淡淡的花木香气和草叶的清气，洗涤着心底深处的阴郁。没有撑伞，没有披蓑衣，病倒多日的谢道韫终于自屋内起身走了出来。她没有去找任何人，而是独自一人沿着院内慢慢地踱，一块青石板一块青石板地踏过。

雨水冲刷过的石板映出她消瘦的身姿，原本飘逸的垂髫被雨打湿后显得越发长了，软绵绵地垂在身侧，不时地挂住小径旁的花草。谢

155

道韫也不着急，每次挂住便停下来，一点一点地解开，再继续前行。不时有蘸饱了雨水的海棠花瓣飘落下来，有些自她脸颊滑落，带着一丝凉意，她便停下来静静地仰望一阵。那年是不是孩子们曾在这里放过纸鸢？热闹欢笑声似乎还在耳边，现在树还在，人却已不知去哪里了。

不能再想了，谢道韫摇了摇头，已没了往日光彩的双目干涩得难受，泪水早就流干了。在病倒的那些时日里，她曾以为自己也会追随他们而去，会和他们在另一个空间里相守在一起，继续和他们过着热闹而又平凡的日子。没想到一个个黑暗如地狱般的日子滑过后，她会再次醒来，听到雨打芭蕉的声音，隔着窗户看到那双燕子再次回来，在她的檐下啾啾而鸣。她忽然想起后院的那株老杏树，经过战争的煎熬，它有没有活下来？在这春天时还会不会再开花？

平常转过抄手回廊、走过青石板小径便可以到达的后院，今天仿佛格外遥远，她一路走走停停，连石缝间不及被打扫的杂草也要好好看一番。府中受到重创，一时没有添补新人，院子都有些荒芜了，到处是新长的杂草和蔓生的藤条。有些地方太杂乱，她便停下来细细整理，清扫出一条小路来方便通行。曾经纤细的手指瘦弱得只余下筋骨，柔柔的草茎将指尖划出一道道细小的伤口。她毫不在意，仿佛不会疼一般，似乎所有的感官都在会稽城被攻陷的那一天失去了。

走了没有多远，她已累得有些气喘吁吁，她停下来坐在小径旁的石凳上，枝叶间堆积的雨水沉甸甸地坠下，在她眼前跌落入积水中，飞溅出小小的水花，激起一圈圈的水波。她一时有些茫然，伸出手去接，苍白的掌心里纹路凌乱，冰冷的雨滴砸落，透明的晶莹中倒映出她憔悴的容颜，一闪而过。

悲痛太多以至麻木，她的生活已没有了欢愉，余下的只有沉重。不远处的池塘中有小鱼跃出水面，她曾羡慕它们清静自在、无拘无束，而现在她孑然一身、茕茕孑立，才发现人世间本就该吵闹喧哗，没有了人的气息，空荡荡的院落显得格外孤寂。原来清静是相对热闹而言的，岁月静好的前提是那人就在那里，当你抬头时可以看到，当你询问时可以得到回应，和他心意难相通也没关系，只要他在那里便是一种安稳。他不是一个知心的夫君，但他至少可以做一件事，那便是陪伴，可惜最后连这件事他也没能做到，若他在天上有知，会不会后悔？

丈夫没有了，四个儿子一个也不曾留下，空荡荡的院落里只余下她一个人无处话凄凉。满院的春色不能让她为之动容，往常时早该一片热闹，儿女们孙儿们都在奔跑嬉戏，她有时也觉得累，觉得闹得很，但她从不曾想过会失去这一切。天地变色那一天她也不曾流过一滴泪，战乱平息后她却哭得天昏地暗，迟来的疼痛让她无法遏制自己的悲伤。她在被送回家乡看到亲人的一刹那便倒了下来，所有的支撑都崩塌了。她觉得可以了，肩头的重担可以放下了，她不想再看一眼这个让她恨之入骨的尘世，她渴望永远的安静，希望儿子们的脚步不要太快，可以让她在奈何桥上追上他们，以后永远在一起，没有悲伤，没有分别，没有离乱。

还有叔父谢安，她是那样想念他，当年他离去时，她哭断了肝肠，也曾恨过他，恨他为自己选了王凝之这个迂腐夫君。可是在为人母后，她终于明白了叔父的苦心，不求显达于世，不求锦衣玉食，平安遂意、安稳一生是所有父母对自己儿女的期望。叔父当年一定也是这样考虑的，他看中王凝之的便是"安稳"两个字，不像小叔们，一个兴起雪夜寻人，一个风华绝代被公主逼婚，如若这一切都落到她的身上，叔父该怎么办？事情可以操作，困难可以想办法，人心却难以把握，人的本性也难以扭转。婚姻生活是两个人的事，旁人再有本事也难以插手，便是手握百万雄师也束手无策。谢安能给予她的便是选择一个人品无垢的少年郎，望她以自己的才识掌控一切，不受委屈。

出嫁后的生活果然如叔父所料的一样，王凝之虽然不是一个风雅有魅力之人，平时的喜好也迂腐得让人气苦，但他总算还是一个温和的人，不会兴风作浪、无事生非，也不在乎家中的点滴小事，他也很钦佩谢道韫的才情。总体来说，作为主母的谢道韫还是能将这个家牢牢握在手中的。她渐渐看开了，世间哪有万事如意，他们不过是世间最平常不过的夫妻，过着磕磕碰碰的小日子。琴瑟和鸣、如胶似漆的夫妻如凤毛麟角，夫妻相处之道还有一种便是相濡以沫，渐渐融合。

为什么当她什么都看透了，刚刚发现平平淡淡才是真时，生活要再次给予她重击，撕裂她所有的希望，将一切践踏在脚下？永嘉之乱时她还未出生，淝水之战时她感受到的是一种为家为国的豪情。唯有孙恩之乱是一种恐怖，如同身陷地狱焰火中，眼前是一片血红，听到的、看到的皆是刺耳的嘶吼、狰狞的恶魔、无助的灵魂，来自地狱的赤焰吞噬着每个角落，曾经的繁华风流荡然无存。

城池再次被夺回后，她的从弟谢琰也逝去了。每次出殡她都没有去，因为她一直卧病在床，她的躯体还在人间，灵魂却仿佛早已消散。她知道自己是在逃避，病重的头脑发晕，让她忘却了伤痛，忘了亲人去世的疼痛。她不愿去墓地看，好像只要她不去看，那些人便还在，只是藏了起来，藏在她永远不能发现的角落，等待着她去找寻。

衣裙被雨水沾染得有些湿重了，谢道韫再次起身，继续向后院走去。眼前渐渐开阔，池水青碧，迎春、海棠等各色花木环绕四周，被雨水淋落的花瓣浮在水面，不时有小鱼跃出啄食。转廊杂草丰茂，她要小心地提起衣裙才不至于被绊倒，看来是需要打起精神来了，整个院落没有人管理，已近乎荒芜，主人已逝，主母倒下了，府中上下都沉浸在悲伤中，谁又有心情来打理这一切？不能这样，这是她生活了多年的家院，她不能任由它衰败下去。

她停下脚步，并不急于去看那棵杏树，开始弯下腰去清理杂草。长长的、柔软的草茎被她握在手里，滑滑的、凉凉的，被她扯开时仿佛不甘心般碎裂出浓绿的汁液，晕染在手心里，好像一幅翠色的山水画，又好似此时谢道韫的心情，色彩浓重却单一。

有人来了，是一名仆妇。她看见谢道韫竟在亲自拔野草，吓了一跳，跑过来请她坐下休息。谢道韫摇了摇头，继续清理着院子。仆妇不明所以地跟在一旁同她一起清理。一炷香的工夫，谢道韫便累了，额上的汗珠和着雨水滚下。她直起腰喘了口气，躺了太久，活动了这么一会儿便头晕眼花，于是她停下来，寻了一处干燥的石凳，坐在一旁看仆妇继续。

仆妇干活很利索，片刻便清理出一大片，赔着小心絮絮向谢道韫讲着这后院的活有多少，自己一时没有腾出手，以后请主母就不要亲自来了。谢道韫看着她额角的白发，问她家人何在。她黯然回答，战乱前便都已逝去了，整个家只余她一个人，但总要活下去的，老天留了她一人活着，她不能对不起这条命。谢道韫沉默不语，好一会儿才点了点头。

谢道韫起身准备离开，仆妇也跟在她身后，和她讲原来这里种的什么，以后准备种些什么，明年春天便可以看到满院花木繁茂了。谢道韫被她感染了，同她一块儿讨论着。忽然，她停下脚步，因为她看到屋檐一侧有一枝杏花伸出来，枝条虬结古朴，花却是新绽开的，粉嫩娇艳，缀在枝头，饮饱了雨水，显得饱满丰厚。

仆妇还在兴奋地指点着她熟悉的园艺，谢道韫已抛开她快步穿过回廊。眼前霍然一亮，那棵老杏树还在，依旧枝干虬结，伴随着新春的雨水，经过血的洗礼，在残垣断壁间繁茂起来。所有枝条上的花苞均已开放，巨大的树身覆盖了整个庭院，仅一棵树便造就了繁花似锦的芬芳，满院清香，雨水在这里都变小了，不时有豆大的雨滴自花间沉沉坠下，树下繁茂的野草上落英缤纷，如同下了一场温暖的雪。

谢道韫呆立在那里，仰望着一树繁花，心底有什么漫了上来，挡也不挡住地涌入眼中，化为泪水滑过脸颊。生命原来可以如此灿烂，在被人遗忘的角落、野草丛生的荒寂中活得热闹。

仆妇此时也被震惊到，刹那间和主母心意相通。她立在谢道韫的身后，看着雨幕中绚丽的杏花，主母纤细的身姿一如往年般秀挺，不时有花瓣飘落，雪花般翩然，一切静谧成一幅画。

5. 唏嘘此生

谢道韫的一生是悲情的，所嫁非人，心意难平，中年遇战乱，家破人亡，伤痛无法愈合。饶是如此，她也有幸运之处，出生在锦绣之家，身侧流光溢彩，居住非陋室，往来无白丁，谈笑有鸿儒。

战乱之后一切恢复生机，城市的复苏相较人来说快了许多。血色染红的街道早已被清洗干净，房屋也被修缮好，街市上的交易重新开张。逝者长已矣，生者总还是要活下去的。劫后余生的人们希望尽快恢复战乱前的繁荣景象，这不仅在体现在物质上，还需要精神上的振奋。失去家园、丧失家人的悲痛还未平复，需要一个漫长的疗伤过程。

谢道韫从最初的悲伤中挺了过来。身边的人都知道，在最初的几年里她是如何悲伤消沉，曾一度认为她便会这样渐渐消亡而去，不承想她坚强地挺了过来，虽然基本不怎么笑了，独处时常常失神，但总算恢复了精神，开始打理府内的一切事务了，当年那个风华绝代的谢道韫又回来了。她本就不爱浓妆，独处后更加清淡，但依旧雍容华贵、气度不凡。

她更加喜欢清净了，闲下来就研究诗文，研讨学问，兴致来了还会与人清谈一番。府中不再有曾经的热闹，几乎不宴请客人，亲戚往来也稀少了，大多数人是沉静而严肃的，皆是受谢道韫影响。

谢道韫自王凝之去后便孀居在会稽。按照当时的风气，改嫁是一件很正常的事，上流社会的贵妇改嫁更是稀松平常之事，虽然也有立志不改嫁的，但那样的多是感情深厚者，并非后世所称赞的贞烈女子。然而谢道韫没有改嫁，独自生活在会稽城内，把所有的时间都留给了那一方院落。

谢道韫后半生的精神支柱便是她的才华，她不同于李清照，没有过相知相爱心有灵犀一点通的丈夫，自落入婚姻的院落，她的天地便只有那么一方，无波无澜。但书卷为她打开了另一个世界的门，赋予她灵气满满的壮丽山河，她徜徉其中，追寻另一种境界，人生因为有所寄托而丰满。

东晋时期，会稽是一个文风鼎盛、清谈玄学气氛浓厚的地方，仰慕她的人纷至沓来。她已不是当年隔着幔幛为小叔解围的年华，对于

163

那些慕名而来的人，她皆请入堂上。堂上设一素色帘帷，她端坐其中，素色的帘幕随风轻摆，她的声音轻柔如和风。她与拜访求学者们侃侃而谈，风采透过帘幕如一幅清丽的画。因为是女子，出身和经历又比较传奇，在傲人的才学之外平添了一种神秘感，越发让人感觉她就像是天上的星辰落入凡间。慕名而来的学士越来越多，谢道韫素来不是一个张扬之人，门庭若市没有让她得意忘形，她依旧过着平静的生活，对来访者以礼相待。

会稽新任的太守名叫刘柳，籍贯南阳，是西晋大臣刘乔的曾孙。刘乔官至豫州刺史，曾攻打过孙吴的重镇武昌，见证了孙吴的覆灭。刘柳也是一位名士，自幼爱读书。当时，尚书右丞傅迪博览群书但不够深入，而刘柳翻来覆去只读一本《老子》。傅迪为此有些轻视他，刘柳却不以为然。他认为，如果只是一味读书却不求其意，书读得再多又有什么用？不过是一个书箱子罢了。刘柳有着世家家传之学，又有着名士所特有的傲气，初任会稽郡守便听闻了谢道韫的事迹，有些震惊。战乱中女子通常是最易被伤害的，她却能做到不畏生死，从容以对，连嗜血凶残的孙恩都不禁敬佩，可见其风骨。在这个有着浓烈个人崇拜情结的时代，这一点吸引着诸多名士慕名而来，刘柳自然也不例外。

翻开史书，我们能找到谢道韫身姿的篇章少之又少，不过薄薄两页便道尽了漫长的一生，神龙见首不见尾的几篇勾勒出传奇的一生。为此我们要感谢刘柳，若无他的记录，故事到孙恩之乱便会戛然而止，我们便无法得知这样一位奇女子的最终结局，是郁郁而终还是流落他乡，所幸谢道韫为人端庄雅量，愿意与前来拜访的刘柳一叙。

　　如瀑的长发细细地打理整齐，插一支古朴的簪子，将客人们请到堂上。一道素帷幕隐隐将主客分开，风吹拂着淡色的帘幕，隐隐可以看见谢道韫纤细的身姿和端庄的容颜，素色的衣裙下是洁白如雪的褥子，如雪中静雅的梅，清丽高雅。四周干净整洁，堂上的家仆脚步轻浅，待人接物臻臻至至，自大门入厅堂一路之上各种花木装饰，不似一个没有男主人的家庭，没有半分衰败的迹象。思及此，刘柳一众对帷幕后的女子越发敬重，已至中年风度尚如此，可以想见其年少时是何等风采。

　　刘柳这次的拜访很郑重，衣着庄重，整个人打理得精精神神的，带着一份学生的恭敬而来。一郡之守这样谦卑来访让谢道韫感到欣慰，不卑不亢地接待了他。

　　两人隔帘而坐，她的声音听起来温润优雅，没有半分颓废。他们从史事名卷一直聊到家事，谢道韫思路清晰，无论是学问还是朝堂的事态，她都能侃侃而谈，思绪敏捷，言辞高雅豪迈，讲述事实渲染能力极强，常常使人动容。讲到孙恩之乱时，她忽然哽咽。隔帘见她掩袖不语，便是身为男子的刘柳也忍不住陪着悲伤，以至离去许久他还时常感叹，这样一位奇女子便是一般的男儿也比不得，命运弄人，让她经历种种起伏，是这个时代的悲哀。

刘柳的来访不过是谢道韫平静生活里的小石子，毕竟是一郡之主，表示的是一种尊重，也是她个人魅力的体现，这让谢道韫的内心多了一丝安慰。自叔父谢安逝去，她的兄弟们也接连离去，然后是家人儿女，她早已没有可以谈心的人。刘柳的到来让她终于可以畅谈一番，似乎又回到当年，她坐在帷幕后与一众和小叔清谈的名士机辩，有一种棋逢对手的酣畅。

许多玄之又玄的"道"谢道韫并非完全参透了，只是她有一颗豁达的心，能在不论是平淡还是混乱的岁月里找到自己的落脚点，将面前一切纷乱的事务处理清楚。这和她自小跟在叔父谢安身边学习有一定关系，叔父洒脱的个性和风流落拓的处世态度对她感染颇深，对她的性格养成和人格熏陶影响深远。

刘柳的感叹让我们有幸看到了战乱之后的谢道韫，能让我们欣慰她的坚强，感叹一切风浪终于过去了。大概生活将她伤得体无完肤后也不忍心了，没有再给她任何波澜。比起后世的李清照来幸运多了。李清照于战乱中失去丈夫，改嫁后又以两败俱伤的方式离婚，不知被当时的卫道士嘲笑了多少回，她的人生也因为这一段又多了一重颠簸。不论她的词中有多少缠绵悲切，她都是坚强的。她和谢道韫各自选择了自己认为对的生活，李清照大胆地去相信，渴望在赵明诚之后还能遇到知己，余生互相扶持、依偎；而谢道韫选择了独处，为自己找一片净土，寻找内心深处的安宁。

当然，截然不同的选择和两人的际遇与各自的家世也有一定关系。李清照中年后困顿无助，独自一人勉力守护着和赵明诚多年的金石研究成果，渴望有人能扶助，与她在艰苦中携手共进，可惜张汝舟不是赵明诚。而谢道韫虽然失去了很多家人，但陈郡谢氏的门庭还很强大，琅玡王氏也同样是豪门巨阀，她不必为生计担心，也不怕被人欺负，她还是朱门中的一位贵妇，她有再嫁的资本，也有独处的条件。

谢道韫自幼所学颇丰，不同于其他才女的绮丽温婉，她的诗有一种落拓的男儿气概，她的人生境界清朗广博，她的所作所为与谢安一脉相承，虽因时代所困，她不能冲锋陷阵，冲杀疆场，否则她定会接叔父的班，成为文能提笔安天下、武能上马定乾坤的栋梁之材。

忽然想到三毛曾说过的那段话："如果有来生，要做一棵树，站成永恒，没有悲欢的姿势：一半在尘土里安详，一半在风里飞扬；一半洒落阴凉，一半沐浴阳光。非常沉默，非常骄傲。从不依靠，从不寻找。"谢道韫就是这么一棵树，半生摇曳，半生沉寂，不变的是骨子里透出的气韵，凛然不可欺，朗朗风骨千古不灭。

太阳已缓缓西斜，站在山坡上望去，云霞变幻。山的那边是什么，是不是真有神仙居住？修了半世的神仙道，是不是真的可以让人长命百岁？可为什么当战乱袭来，全城颠覆连鸟雀都无法幸免？谢道韫时常去山坡上凝视，岁月吹散了太多的热情和悲伤，余下的只有一个孤独的身影，她不知道这一世是幸运还是不幸。夜不能寐的时候，她披衣起身，借着月光到后院找到那棵老杏树，在树下安静独坐，内心一片澄净。福祸皆无法逃避，不必太欢喜也不必太悲伤，人生便由一个个悲欢喜乐组成，她用前半生的富裕换取后半世的孤独，已是不幸中的万幸，当知珍惜。悲欢离合皆是一种修炼，不论何种风雨皆要保持本色，屹立不倒，方才不愧此生。

不知道她去时是不是一如往昔般从容。终于可以放下一切离去，拭一拭眼角的烟尘，拂去满身的疲惫。回忆一生，她有没有许多遗憾？或许她会很期待，这漫长的一生终于走到了尽头，她终于可以去见丈夫和孩子们，还有父母、叔父和兄弟们了。他们终于在另一个世界永远相守在一起，从此再没有人能将他们分离，不论是战火还是动乱。

谢道韫已逝去一千多年，在她死去不久，东晋王朝被刘宋王朝所取代，各路枭雄蠢蠢欲动，朝代更迭频繁得如四季变化一般。石级生出绿痕，江南的细雨扫过湖面，又是一年春来。他们已成为家谱、史书里的几行墨字，辉煌也罢，平凡也罢，都镌刻在那里，流传后世。

第五章

凤去台空江自流

1. 林下之风

　　花草树木本是无心的植物，在名士的眼中却有了灵气，不同的种类体现了不同的姿态，代表着不同的气节，被赋予独特的精神面貌，用它们来形容人的个性可以使形象更立体，感情表达得更加含蓄。

　　奇异的东晋时期造就了百花齐放的艺术氛围，名士们不仅崇尚风度之美、风流之态、山水之美，同时也欣赏才气、内涵、学识，以一颗与江南秀丽山水共振的心来观察宇宙万物。他们渴望寻找这世间最真最纯的美，用诗歌来赞美，词采华茂，神采飞扬，神韵斐然；他们把植物山水融入书法里，丰富了书法艺术，韵味丰满；他们满腹经纶、辩才无碍，欣赏一切有才识的人，无论男女。而这些才能谢道韫都具备，此外她还有着别的女子所没有的风度和胆识，曾被人夸赞有林下之风，这让刘柳这类名士格外仰慕。

　　魏晋时品评人物是一种流行风尚，品评当时名士的各个方面，不仅是品德和才能，还有容貌、风度等各个角度。虽然这些品评并不能影响个人的仕途，也不能作为"唯才是举"的基础，但每位少年成名

172

的名士都是因为被人品鉴称赞而名满天下的。当年许多名士都不看重谢安的从兄谢尚，桓温听了便不赞同。他对众人说，谢尚跷脚坐在北窗下弹琵琶时，阳光自窗外透过，身后是茂盛的花木，衣衫落拓，姿态风流，有一种飘飘入仙的洒脱。抚军大将军司马昱曾问过孙绰，谢尚如何，孙绰回答：清廉平易，美好通达。正是这些品鉴让谢尚名扬天下，才让名士们如此重视，而谢道韫是为数不多的被品鉴过的女子。

男子才华出众、风度雅致是松是竹，伟岸高大、高山仰止；女子在世人眼中总是多了一分柔软，才气逼人时也带着几分娇俏的可爱。谢道韫却如男子般落拓洒脱，柔弱的身躯内是坚忍的梅兰气节，兼备男子的风度和女子的柔美，便有了"林下之风"的评价，才华横溢，风流雅致，巾帼不让须眉，遭遇大难时能挺身而出，生死面前不卑不亢，堪称东晋奇女子。

同郡有位叫张彤云的女子是门阀顾氏之妇，她与谢道韫同郡，是张玄的妹妹。张玄和谢玄均是名士，关系一向很好。谢玄与阿姐感情深厚，自幼均崇拜叔父的为人，一众兄弟姐妹中唯阿姐与叔父最相像，待人接物、胸襟气度皆无二般，所以叔父谢安最喜爱这个侄女，谢玄也最听阿姐的话，在他心目中，阿姐是这世上最优秀的女子。张玄的妹妹张彤云也同样出众，受时代的限制，张玄没有机会与谢道韫相交。但他也是一个骄傲的人，在他看来，妹妹张彤云是无人可比的，听到谢玄赞美谢道韫，便感到不服气。旁人无法得知两个已嫁作他人妇的女子的风度，便向一位名叫济尼的出家人打听。

在佛教开始兴盛的东晋，作为一名出家人，既能带来佛学知识，又能和名士们讲经论谈，很受名士们的尊敬，加之东晋门阀士族的女子也同样自幼博学，个个才气逼人，日常也如同男子一般吟诗玄谈，所以济尼能常在江左门阀士族之家走动，唯有她既能见到两位才女，又能抛头露面与其他名士交流。所以大家便纷纷来询问她，两位女子的区别和才气的高下。

济尼的总结为谢道韫的美誉锦上添花，从此有了"林下之风"一词。她称："王夫人神清散朗，故有林下风气；顾家妇清心玉映，自有闺房之秀。"所谓"林下"是指幽僻之境，当年嵇康等七人常在山阳县竹林之中喝酒、纵歌，恣意酣畅，"越名教而任自然"，不拘礼法，清静无为，讽刺朝廷的虚伪阴暗，文章又均颇负盛名，所以被世人称作"竹林七贤"，又暗合佛学中的竹林精舍，体现的是一种精神追求，而济尼这位出家人对谢道韫的评价用的便是有诸多内涵的"林下"二字。当时，名士们推崇的是个性超然、疏朗大方、平淡冲和的一种作风和风骨，而济尼认为谢道韫有这种气韵。至于张彤云，也同样出众，却只是与众多居家女一般秀美而娴静罢了。这样的评价虽然语言上各有赞誉，实则已见高下。秀美娴静的女子比比皆是，名士们不以为奇，但那气度如朗朗男儿般的女子是何等的风采，况竹林七贤在世人眼中是精神的最高境界，一个女子能如竹林名士一般雅致，如何不令人倾慕？

谢道韫崇尚嵇康，敬仰叔父，却不知有一天她也会同样被归入此辈行列。年少时的种种幻想已被生活磨砺殆尽，余下的只有认真地面对生活中的种种琐碎，她很认真地生活着，平淡而充实。随着年岁的增长，最初的那种感情缺失的意难平也被消磨了去，只安安静静地相夫教子，打理后院，唯一不变的是她的处世态度。少女时期的所学所感只是书中的句子，沉淀到生活中才得以慢慢地融合。随着阅历的增长，她待人处世更加温润宽博，高尚的精神不是只活在竹林中，生活的点滴都是人生智慧。

能做到和谢道韫一般风骨的女子大概有许多，但被史书记载下来的少之又少，这与时代也有关系。魏晋时期对待女子的才学是抱有欣赏态度的，还没有出现后世的"女子无才便是德"的观念，就此而言，魏晋的女子是幸福的，至少有读书的权利与和离寻找真心所爱的权利。

独立自由的女子渴望成长为一棵树，突破院墙的包围，将柔软却坚强的枝条向天空努力伸展，根系深深扎入泥土，站立挺直，不攀附不依赖，直冲入云霄，让白云在身侧飘动，目光不再仅仅留在一个小小的院落，而是能遥望天地苍茫。

2. 诗书才气

从古至今史料中有记录的女子，一生幸福安康的寥寥无几，大多命途多舛，一生起伏跌宕。其中才女众多，她们才华横溢，学识渊博，带着女子特有的温婉和清丽，留给后人无限遐想，透过千年的烟尘凝结为一朵寒梅，悄然绽放在文学史册上，绮丽华贵，精巧独特。

因为年代久远、战乱频繁，保存不易，谢道韫的许多作品都湮灭佚亡了，我们如今能看到的仅有一首《登山》、一篇《拟嵇中散咏松》，还有一篇《〈论语〉赞》。最有名气是她的咏雪联句，奠定了她在文学史上的一席之地，称她有"咏絮之才"，此词在后世俨然已是才女的代称。

千百年来称赞她的诗文不计其数，《红楼梦》中的"金陵十二钗正册判词"中对于林黛玉和薛宝钗的评论有两句是："可叹停机德，堪怜咏絮才。""停机德"指的是汉朝乐羊子的妻子让丈夫不中断学业而割断织布机上的布匹的行为，"咏絮才"便是指谢道韫。

谢道韫虽是闺中女子，却独树一帜，从流传下来的作品来看，她的行文风格大气磅礴、开阔放达，很有当时魏晋风流的旷达之气。在看多了小女儿的温婉后，忽见高山流水、林木疏朗，心境豁然转变，好似峰回路转，溪水汇聚为瀑布般的震惊和叹为观止。

登山

峨峨东岳高，秀极冲青天。

岩中间虚宇，寂寞幽以玄。

非工复非匠，云构发自然。

器象尔何物，遂令我屡迁。

逝将宅斯宇，可以尽天年。

这首诗又名《泰山吟》，但后世许多人认为写的是谢安曾经隐居的东山。陈郡谢氏自永嘉南渡后便在江南落地生根，东晋与北方各国划江而治，东岳泰山在山东境内，属于北方政权的管辖范围，谢道韫是无法自南而上游赏泰山的。但她博览群书，学识深厚，也有可能是游东山而遥感泰山之巍峨的一种感叹。种种想法不过是后世的猜测，暂无法考证。这首诗品格高雅、豪迈旷达，有着魏晋时特有的风流蕴藉，却是人皆感叹的。

诗句开篇便有着气贯长虹的壮丽，形容山之高，却不是蔓枝而堆，而是直刺云端，破云拨雾。仰望之下此山似有着灵气，如天上之神，自九天而降，屹立于大地之东。幽幽天际间，云崖隔断山路，山石间

177

隙仿佛天然生成的空寂宅院。走在其中，所有的山景仿佛被定格成一幅幅画卷，林深树茂的掩映下，显得幽静而神秘。山石嶙峋，崖洞奇巧，林木秀挺，一切景色皆非人力所为，不知是多久以前大自然鬼斧神工的创造。行走其中，遥望远处云雾缭绕，缥缈如天外仙境。随着山路蜿蜒，谢道韫感到目不暇接，山泉瀑布，奇石怪峰，林间飞鸟走兽，奇花异草，让她留恋赞叹，移步换景如人生变幻，如何不让人感叹？行得累了，在溪边坐一下，看水映云天、游鱼嬉戏，用清凉的水洗一洗脸上的浮尘，忘却烦忧，心也变得开阔起来。谢道韫希望有一天可以在山中归隐，像叔父那样，在山涧旁建一茅庐，屋前种几株果树，后院养些鸡鸭，足不出户便可以俯仰天地，晴日时看山花烂漫，阴雨时听雨打芭蕉。真是一个颐养天年的好归处。

东晋在玄学的影响下，各种诗篇以玄言诗为主，以诗谈玄，以玄学来抒发情怀。一个时代有一个时代的精神产物，玄学就是在当时混乱的政治环境中产生的，把精神作为一切的主体，把个人放到宇宙洪荒里去考量，对于人生的意义有着新的认识，将精神升华于物外。

玄言诗有自己的独特性，将老庄玄理、佛教哲理与江河之美融为一体。当时是否善于玄谈，是一个士人是否风雅的基本标准。谢道韫这篇《泰山吟》里便有着一种静远、悠然、自然、不矫揉造作的风格，质朴而玄妙，恬淡无为，崇尚山水之美，心怀隐逸之志。这是当时的一种文化氛围，若是她生于唐宋，不知又会写出怎样的诗词。文学是有着时代烙印的，才女也不能跳将出去。

谢道韫千百年来被人称颂的便是一种坚定的意志和雍容的气度，即使经历离乱，经历失去亲人的悲痛，她也没有怨天尤人，没有借着苦痛悲伤下去，而是跳出个人的心事，转而将自己融入天地山川之中，伸开双臂迎风而立，感受自然的气息，体会造物主的神奇，憧憬将来可以落脚此处。她的心愿最后有没有达成，我们无从得知，但我们相信，无论她最后的落脚地是山中草庐还是会稽城里，她都能置身在自己心里的山水之中，飒飒爽爽，洒脱旷达。

谢道韫还有一首流传下来的诗篇，是《拟嵇中散咏松诗》，是模仿嵇康的《游仙诗》而作。嵇康是魏晋时期的名士，"竹林七贤"之一，他的精神气节一直为东晋名士们称颂。受叔父的影响，谢道韫自小就熟知嵇康的事迹，对他十分倾慕，不单是她，整个谢氏家族的子弟都仰慕嵇康的风骨，在成长的岁月里，他们互相学习指点，风骨里都透着嵇康的气度。谢道韫作为一名姑娘格外出众，不论是内心还是日常接人待物，她都有着叔父处事的痕迹，有着嵇康的洒脱。

嵇康的《游仙诗》是这样的："遥望山上松，隆谷郁清葱。自遇一何高，独立迥无双。愿想游其下，蹊路绝不通。王乔弃我去，乘云驾六龙。飘飘戏玄圃，黄老路相逢。授我自然道，旷若发童蒙。采药钟山隅，服食改姿容。蝉蜕弃秽累，结友家板桐。临觞奏九韶，雅歌何邕邕。长与俗人别，谁能睹其踪。"嵇康将自己的思想融入诗中，心怀游仙之道，崇尚世外缥缈的云山雾海的纯净生活，想要远离黑暗的社会，不愿与世俗同流合污。谢道韫仿写的诗则是这样的：

拟嵇中散咏松诗

遥望山上松，隆冬不能凋。

愿想游下憩，瞻彼万仞条。

腾跃未能升，顿足俟王乔。

时哉不我与，大运所飘摇。

　　谢道韫的诗歌总带着一种笔力遒劲、大开大阖的男儿气概，在诗中她同样感慨命途多舛，人生不遂意，但哀而不伤，有一种英雄卸甲的苍凉。与嵇康诗不同，谢道韫的诗篇精简干练，没有过多的修饰，如同一株古松，枝干虬结，松叶森森，没有一丝拖泥带水的纠缠。

　　谢道韫于隆冬之际仰望古松，高大的枝干越发苍郁。她也同样提到下洞八仙之一的王乔，自己不能腾身飞升，只有苦苦等待仙人王乔来接引。在魏晋黑暗的政治统治下，离开尘世做一名逍遥的神仙，似乎是唯一的解脱途径。不知道谢道韫写这首诗时是何时，不知是不是已经过了孙恩之乱，一连串打击让这位才女对尘世充满了怅然之感，即使淡然看透一切的名士也不禁自问，时哉不我与，我又该怎么办呢？

　　清初诗论家王夫之称赞谢道韫的这首诗是："入手落手转手，总有秋月孤悬、春云忽起之势，不但古今闺秀不敢望其肩背，即中散当年，犹有凝滞之色，方斯未逮也。"虽然只是他个人的观点，但他点出谢道韫诗文中的起伏跌宕、诗意悠远、笔力遒劲，有着其他才女所没有的雄浑气度，可与嵇康媲美。

《〈论语〉赞》是谢道韫仅存的一篇赞文。赞文是一种古典的文体，主要以赞美人物为主，《后汉书·蔡邕传》中曾提到他所著的文体中便有"赞"这一类，说的便是这种文体。谢道韫的这篇赞文全文是："卫灵公问陈于孔子，孔子对曰：俎豆之事，则尝闻之，军旅之事，未之学也。庶则大矣，比德中庸。斯言之善，莫不归宗。粗者乖本，妙极令终。嗟我怀矣，兴言攸同。孔子曰：民之于仁也，甚于水火。水火吾见蹈而死者，未见蹈仁而死者矣。"文中所讲的是卫灵公向孔子询问排兵布阵一事，孔子委婉地拒绝回答，并表示自己只懂得礼仪，对于军事上的事一概不知，并表达了他不主张征伐、反对战争的心意，提出儒家学说的仁政治国理念，认为对于民众要施以仁政，因为百姓对于仁的需要甚至超过了对水火的需要，见过因水火之灾而死人的，没有见过因为给予仁政而造成人员死亡的。

谢道韫虽是闺阁女子，却也关心政事，她在赞文里也表达了自己的观点：对待国民应该采取仁政，政通人和才能国泰民安。东晋王朝短短的几十年先后经历了王敦之乱、淝水之战、孙恩之乱、卢循之乱等，有些是谢道韫亲历的，有些是听说的。这样动荡不安的王朝带给民众的是一片哀号，际遇不定，身世如浮萍，谢道韫身在其中，感触颇深。她渴望当权者能实行仁政，能给这个千疮百孔的王朝以稳定，不要再让妻离子散、家破人亡的悲惨事情发生。

当年谢安游东山，与王羲之在兰亭修禊，举办了一场名留千古的

181

曲水流觞，集诗三十七首组成诗集，由王羲之写序，一挥笔成就千古名，有了出神入化、空前绝后的书法名作《兰亭集序》。这时的谢安无心出仕，渴望归隐山林，寻仙访道，游历名山大川，直到谢万兵败，他才在大将军桓温手下做了一个司马。

一日，桓温的手下进上一味叫作远志的草药，正巧谢安在座，桓温便笑着问谢安："这种草药名叫小草，又被称为远志，同样一种草为什么会有两种称呼？"谢安没来得及回答，在座的另一位名士郝隆便应声答道："这有什么难理解的，在山中就叫远志，出山便叫小草。"谢安心知郝隆是在讽刺自己当年倨傲不出山，下山后却只在将军府上做了一个小小的司马。他一时无言以对，面露惭愧之色。谢安当时的心境我们无从了解，他没有反驳可能是出于当时的环境和地位，他不屑或者不愿与之辩论，也或许是因为当时的他自己也处在迷茫中，毕竟人至中年还要再担重任，心中的那份沉重外人无法理解，因为肩头的担子太重，因为心底隐隐有一种怅然和无奈，所以他无言以对。而同样的问题落到谢道韫身上时，就是另一番回答了。

谢道韫善于清谈，这一点从她帮助小叔王献之辩倒众人时便可以想象到。可惜史料中没有记录，我们无从欣赏她的玄妙之论，但她敏捷的思维、犀利的言辞在日常生活的点点滴滴中也可以窥见一二。桓玄曾有意问她："谢太傅（谢安）在东山二十余年不曾出山，不论谁都难以请得动他，为何后来却主动出山踏入这红尘世俗的官场之中呢？"谢道韫立即回答："（我叔父）正以无用为心，（不以）显隐为优劣，始末正当动静之异耳。"修身养性不论身在何处都一样，小隐隐于野，中隐隐于市，大隐隐于朝。隐士们看破红尘隐居山林深处，只是身体远离了庙堂，等于闹市之中双手捂耳，认为不受干扰便不会被扰，取的是一个"静"字。而真正要做到物我两忘，就要有一种"心远地自偏"的境界，在闹事街井之中充耳不闻，心怀桃花源，处世平稳淡定，眼前便是刀山火海也从容以对，不被红尘俗物蒙蔽心智，这才是真正的隐者。谢道韫认为叔父谢安做到了，从谢道韫一生的遭遇来看，她大概也同样做到了。

在同桓玄的对话中，可以看出谢道韫对叔父的理解，不仅因为她是叔父最心爱的侄女，还因为他们相同的志趣和处世态度。正是因为叔父思想的引导，谢道韫才能经受各种风浪，在乱世中仍能清明肃然，不失其志，不沉沦消亡。她于繁华之时不迷失，还曾开导弟弟谢玄莫要被浮华眯眼；她在战乱之后不消沉，心越痛却越发坚定，独自撑起破碎的家，庭院清静，整洁有序。她无疑和叔父有着同样的处世境界。正是因为对叔父的了解，谢道韫才能在面对桓玄的刁难时从容以对，她本就是一个辩才，心中已认定的事情越发坚定地维护，所以回答时才一针见血。

谢道韫虽然出身名门，才倾千古，但生活里也只是一个小女子，一生渴望家人平安健康，不能纵马平天下，只能在诗文里呐喊呼唤。她的文字便是她另一件外衣，质朴中透着雄浑之力，干练中透着精细。

她一生际遇坎坷，命运似乎在刻意磨炼着她的意志，但从未让她屈服。她的诗文，她的处世，都带着她独有的坚强。她秉承叔父谢安的风度，玄学以放达，儒学以自修。岁月平静时，她治家修身；战火离乱时，她抽刀自卫，瘦弱的身躯里迸发出的是火山般的刚烈之气。

3.有女从容

　　"秋雨沉沉滴夜长，梦难成处转凄凉。"这是朱淑真在《断肠集》中的悲叹。她和谢道韫有着相似之处，她不爱自己的丈夫，并非因为钱财权势，也非容貌外表，只因才学不相称，心意无法沟通，婚后她发出感叹："鸥鹭鸳鸯作一池，须知羽翼不相宜。东君不与花为主，何似休生连理枝？"和谢道韫的"不意天壤之中，乃有王郎"有共同之处。丈夫不能理解她，她一身的才情无处倾诉，她便将热情都付诸诗书画。即便如此，据传她死后其作品也被父母付之一炬，只因她的诗中有大量露骨的爱情追求。这是一个时代的悲剧，从开始的不得不从，到最后的不得不离，一生都在与婚姻做斗争，直到香消玉殒、尸骨无存。生命的最后，不知道这位才女有没有找到合意的感情。

　　李清照曾写过："物是人非事事休，欲语泪先流。"自丈夫赵明诚病逝后，她一直沉浸在悲痛之中，如孤雁失侣，哀鸣悲痛，让人闻之落泪。人是感情的动物，作为女子，尤其是才女，更加细腻敏感，她渴望有人能理解自己的一片心意。孤苦中的她无法承受生命里的不完整，所以她就再嫁了一个丈夫张汝舟。然而才女也有看走眼的时候，张汝舟并非良人，李清照被逼得不得不以两败俱伤的法子，将他告上公堂，使自己得以解脱。她也同样是一个一直在追寻爱的女子，一片赤诚之心却换来晚景凄凉。然而，她比朱淑真坚强一些，她没有轻易被打败，晚年还在努力校勘整理丈夫赵明诚的遗作《金石录》，当听说韩肖胄将出使金朝时，她慷慨激昂地写下"欲将血泪寄山河，去洒东山一抔土"的名句，是才情和豪情激起的浪花，千古闪烁。

蔡文姬离开匈奴时面对两个还小的孩子，悲痛长哭："一步一远兮足难移，魂销影绝兮恩爱遗。"她同谢道韫一样出生于才学渊博之家，父亲是书法大家蔡邕，曾创飞白书。蔡文姬也很擅长书法，父亲所藏四千余册古籍在战乱中遗失，她告诉曹操她还能背出其中的四百余篇，并默写了下来，文无遗误，可见她才情之高。这名才女的命运比谢道韫更波折，一生飘摇无定处，爱人离世，骨肉分离。她一生三嫁，第一任丈夫是河东卫家的公子，两人年少夫妻，感情甚笃，然而恩爱时光未能长久，因丈夫早逝，二人又没有孩子，她便回了娘家。后来中原战乱，她被趁机劫掠中原的匈奴人掳走，一去便是十二载，在那里嫁了人，有了两个孩子。后曹操为感谢她父亲的教导，用重金将她赎回。她回程之时，年幼的孩子牵着她的衣角问她何时归，她知道此生都不可能再见到这两个孩子了，心中的悲痛之情难以排遣，一路痛哭回到中原，写成了千古悲歌《胡笳十八拍》。回中原后，她又被曹操嫁给了董祀，不承想后来董祀犯了死罪，蔡文姬不得不跑去向曹操求情。

当时曹操正在宴请宾客，听到她在外面，便对公卿名士们说，一会儿请大家见一见蔡大学士的女儿。正值隆冬之际，蔡文姬赤脚散发，向曹操叩头请罪，并将所有事情条条讲清，还讲述了自己这一生的悲苦遭遇，言辞恳切。宾客们纷纷动容，曹操却称文书已发，无法追回。蔡文姬再次恳求："你马厩里的千里马不计其数，勇猛士卒不可胜数，请不要吝惜一匹马来挽救一个人的性命。"最终董祀被赦免。

为救丈夫，蔡文姬赤脚散发，完全不顾及一个名士之后的贵妇形象，在满室宾客中清醒明了，面对曹操的苛责从容以对。她是如此卑微，又是如此伟大。她一生三嫁，已失去了太多，不愿再失去什么了。她后来的命运如何，史料中未曾记载，她就像天空中的流星，闪烁着光芒消失在天尽头，只余下一道华彩的光影供后人惦念。

古代才女命运多坎坷，不是因为有才华才格外多苦难，而是那个时代女子的命运无法自己掌握，生活不能给予她们更广阔、更自由的空间。才华横溢者尚且如此，普通的女性被记录下来的更少，不知有多少折损在封建王朝的压迫下，除了亲友无人可知。才女们因为一份才气博得众人的眼球，才换来史书上的寥寥数笔，可以让我们拨开历史的烟尘，陪她们一起赏月观星，陪她们一起悲叹感慨。

蔡文姬和谢道韫的相似之处是她们都经历了战乱，她们都在战乱中失去了亲人，只不过蔡文姬是生离，谢道韫是死别。她们都有着不能触碰的痛，都不顾性命地保全过家人的性命。她们不过是红尘乱世中的弱女子，是书香世家家族里受宠的小丫头，却在漫漫人生路上坚强地长成一棵大树，栉风沐雨，葳蕤茂盛，独木成林。她们之间相隔了两百多年的时光，不知道谢道韫幼年读到她的故事时是何种心境，她一定未曾想到将来的自己竟会跟她有相似的遭遇。当一切尘埃落定、人生只余夕阳晚照时，不知谢道韫会不会想到两百多年前的蔡文姬，想到她们的才情胆识和对命运同样的悲愤、对待战乱同样的愤恨。她更不会想到，在几百年后的宋朝，有人将她们的才华编入《三字经》中供孩子们启蒙，而她们两个的名字就在一句之中："蔡文姬，能辨琴。谢道韫，能咏吟。彼女子，且聪敏。尔男子，当自警。"

女子大多如朱淑真和李清照一样，渴望心意相通的爱情、天长地久的相伴，一生被人珍惜，再多的苦难也可以一起承担。正是因为这种渴望，她们一直在尘世间找寻，直到撞得头破血流。相较她们的大胆，谢道韫似乎逆来顺受许多，新婚后她感到无比失望，愤懑地向叔父控诉：我嫁的这是一个什么样的丈夫呀，身边所有的人都比他强，这样的奇葩天下只有这一个了吧。谢道韫的苦闷并不比朱淑真少，但是她没有任何抗争的举动。从各种史料来看，她便那般认下了，就这样吧，守着一个自己无法爱上的丈夫，平庸地过一生吧。相较前两位的刚烈，她似乎缺乏一些追求爱情的勇气。因为她的诗书没有流传下来，我们也无法知道她有没有写过哀怨凄婉的诗句。但仅从流传下来的两首诗来看，即便有也不会那般缠绵悱恻。

茫茫人海中遇到那个对的人，概率有多少？遇到了对的人，始终心意不改的概率又有多少？前面我们提过荀粲因妻子去世伤心过度而死，但他生前纳了许多妾室，听说骠骑将军曹洪的女儿美艳无双，还要努力聘娶为妻。有人劝他莫只爱女人的姿容而要注意品德时，他不以为然地说了一句震烁古今的话："妇人德不足称，当以色为主。"因这句话在后世不知挨了多少骂，然而他在娶了曹氏后深爱不移，妻子病重时，他在风雪中一遍遍地冻僵自己来为妻子降温，但妻子依旧香消玉殒。妻子去世前，曾断开莲枝腰带赠送给他，此生如断带，再无相牵之时。荀粲悲恸欲绝，友人傅嘏感到不解："你只欣赏美色，现在也不过是丢失了一个美人，美艳的女子还很多，何必如此伤心呢？"荀粲说："佳人再难得，亡妻虽然不算有倾国之色，也不能称为易得。"爱情开始时或许只是那初见的惊艳，当深情融入生活中的点点滴滴时，爱已入骨，无法自拔。女子若一早听到荀粲那句"好色"的话，又有几人愿选择与他相爱？哪承想这样的他最后竟为爱而逝。

谢道韫的婚姻生活究竟如何，我们无从知道，也许在生活的磨合中，他们发现了彼此的美好，虽然志不同道不合，但相爱的心是不变的，所以生儿育女，为琐事争吵烦心，为家族利益携手共进，一生过

189

得平淡而幸福。也或许他们根本无法走进对方的内心，只能相对无言，为了家人和两个家族过着貌合神离的生活。这一切可能都消散在历史的烟尘中，我们无法走近那个凛然如崖上松的才女，去了解她的内心世界究竟是喧闹还是荒芜的，只能寄希望于一切是前者，因为命运给予谢道韫的幸福太单薄，甚至是残忍的。

虽然谢道韫在丈夫身上寻找不到一种志同道合、心意相通的默契，但她没有抗争，而是选择了沉默，默默地陪伴和相守，直到战乱到来，她拿起刀保护家人，情爱在家国天下的面前渺小得如一粒尘埃。当战乱被平息时，一切再也恢复不到最初的模样，什么梦想，什么爱情，已经不值一文。

谢道韫的性格和她所处的时代有着很大联系。魏晋时，人物品鉴很重要的一点便是沉着冷静，遇事从容淡定，不管是日常雷鸣电闪、海浪翻滚，还是社稷危难、敌人攻打，都要保持镇定的态度。魏晋时，各种优美的东西都会得到赞扬，甚至于人的姿态容貌，于是涌现出许多名人雅士，他们风度翩翩，宽宏雅量，处世不惊不怒，视死如归，处风浪如履平地。

嵇康临刑前从容抚琴，一直是魏晋时名士的风向标，让无数后人追捧，也深入谢道韫的心中。这才是真名士，才是魏晋的风骨，才是真正的风流人物。在这种大的氛围下，谢氏家长们也常教导子弟们沉稳。谢安就是其中的佼佼者，他的一举一动皆沉心静气，不急不躁，只有心稳了，事情才能处理得全面。

谢道韫对于嵇康和叔父谢安都怀着一颗敬仰之心，对于当时的名士风范心向往之，日常也这样要求自己。当灾难来临时，她没有退缩，不曾想过要等着别人来救赎，也没有仓皇逃难或寻一处角落藏身，而是挺身而出，直面刀光剑影。在血腥杀戮中失去人性的暴徒们正在逼来，那时和他们讲条件无疑是以卵击石，但谢道韫就是那样做的，她打了杀了，打不过她便将外孙护在身后，试图用自己的性命换回一条幼小的生命。无论成功与否，谢道韫都胜了，她胜在气节上，胜在一颗拳拳护犊之心上。

古往今来，称赞谢道韫者不计其数，之所以如此重视，一则是她的才情彪炳史册，另一项便是她的胆识过人。生死面前看人性。春秋时，齐国权臣崔杼谋杀了国君齐庄公，太史坚决要照史实记录，不肯按崔杼说的乱写，被崔杼杀掉。太史的弟弟依旧按史实来写，又被崔杼杀掉。崔杼就这样连杀了三个太史，面对第四个依旧宁死不屈的太史时，自己都没有勇气了，他不解地问："你已看到你前面三个哥哥的下场了，你们难道不怕死吗？"第四任太史回答："怕，但是我要守着太史忠实记录的本分，贪生怕死非我本分。"崔杼终于叹了口气，任由他记录下自己谋杀君王的一笔，疲惫地放他回去了。幸存的太史回去的路上遇到南史氏抱着竹简守在门外，原来南史氏以为他也活不下来，特意跑来接替的，如今看到真实的历史被记录下来才安心离去。谋杀者在忠义之士面前败下阵来。

　　谢道韫面对孙恩时同样是这种情境，孙恩也没想到会有人敢不要命地与他对抗，更何况是一名女子，他当时一定震惊不已，如此气节让他汗颜，杀戮深重的他也放下了手中的屠刀。他虽然作乱，但也是士族之后，自小学习的同样是名士们的风范和风骨。他杀人时决不手软，但他的骨子里仍旧欣赏有骨气的人，所以，他放过了谢道韫，并敬重地将她送回家乡。

4. 千古之音

多么幸运的谢道韫！生于陈郡谢氏鼎盛之时，长在"雅道相传"的世家，自小结交的皆是名流雅士，叔父是风流宰相第一人，家中兄弟个个集才华学识于一身，女子还未曾被束缚至深，可以交友出行，可以学习诗文、博览群书。成年后嫁到簪缨世家琅玡王氏，舅姑皆是才华出众之人，小叔个个文采风流、书法一流，为人又开阔疏朗，不拘泥，不墨守成规。大气的环境为她营造了良好的氛围，她个性鲜明，气度恢宏，处世豁达大度，风骨见识、才情风度皆上流，成为东晋时女子中的佼佼者。

多么不幸的谢道韫！一生际遇如同她所生存的年代，一半是火焰，一半是海水，半世是天堂，半世是苦海，这个疯癫的时代豁达时天地可容纳，狂放时人命如草芥。

幸与不幸，皆在心性沉浮，给你一世长安、锦衣玉食，但必须困守在方寸之地，是幸是不幸？"最不幸生于帝王家"，升斗小民便幸福吗？求之不得，方为不幸，平安遂意便是幸福。

193

《世说新语》里多次提到她，她一生的事迹除《晋书》外，这本记录得更多、更详细，也更可爱、更生动。书页被打开，史料中的人物鲜活灵动，越是曲折的事件越吸引人观看，读者陪着书中人欢喜流泪，书中人却渴望一世长安。

谢道韫已随着山河的转换消失在江南的烟雨中，翩跹的身影已湮灭在烟柳雨雾中，现在还能让我们凭吊的唯有她仅存的几篇诗文，饱含着东晋时特有的浓郁玄学气息，沾染着名士们的翩翩风流仪态，以一种遗世独立的姿态傲然立于文学之苑，是一种声音，也是一种姿态，不求欣赏，不求怜悯，如松柏迎风而立般遒劲，让后人惦念追思，仰慕不已。

封建王朝对女性的约束让女子的诗篇远不如男子那么多，随着社会地位一再下降，女性渐渐被完全禁锢在狭小的后院闺阁之内，没有了话语权，学习的权利也被逐步剥夺，各种约束越来越多，使得她们开始与时代脱节，完全沦为男性的附庸品。思想被禁锢，身体被困顿，女性便无法和男性一样享有共同成长的空间，无以放飞梦想的翅膀，眼界打不开，就无法写出飘逸洒脱的文字，所以许多女子写的诗文大多是闺怨体裁，风格也多是哀怨、悲伤、温婉、消沉的。透过她们的诗文，我们可以感受到她们的生存空间，好似庭院中角落的梅，自开自落，带着无人欣赏的孤独，又似树下草丛中的苔藓，有着阴郁苍白的美和冷寂感。

在这样的生存空间里，女性所能写的东西也是有限的，大多与个人际遇有关，才能被压制的悲苦，丈夫不知疼爱的孤泣，皇宫内院无人欣赏的秋寒之意，所见也不过是春花秋月、落英碧湖。因为她们无法踏入红尘喧闹之中，体会市井中的热闹景象，无法欣赏到"飞流直下三千尺"的壮丽山河，无法感受到"五月天山雪，无花只有寒"的边塞豪情，无法享受"故人具鸡黍，邀我至田家"的田园之乐，也无法体会"秦时明月汉时关，万里长征人未还"的沙场悲壮。

男子们有了这些雄壮、英武的经历，留给女子的便只有怨、恨、困、悲等小圈子的感触。不亲身经历便无法感受其中的魅力，又怎么能用文字去感染别人和自己？而魏晋时独特的文化风貌，培养出了一位异数，那便是谢道韫。她的诗文中没有怨，从山石写到松柏，都是偏男性化的花木，文笔精简，字句凝练，质朴而不绮丽，好似万花丛中的一竿翠竹。没有男子松柏般的遒劲，也没有女子花朵般的妩媚，不蔓不枝，秀挺独特，有着女子的温婉，却又带着男子的豪气。

因为东晋玄学诗的特殊性，此时风靡一时的写法在后世并不被重视，也再没有哪个朝代采用这种写法。所以，谢道韫作为一名女子，所写的玄学诗只是在当时被人吟咏，后世很少有人愿意仿她的诗再写。她的诗便成了千百年来遗世独立的特殊写法，再无女性在诗品上与她共鸣，就好像一枝梅，在积雪中独自开放，留下一抹淡香气，昭示着她曾经来过，留下大气磅礴的痕迹。

字是一个人的脸面，诗文则是一个人的气质。谢道韫个性坚强，本就是一个勇敢果断、洒脱旷达之人，有一种巾帼不让须眉的勃勃英气，她的诗文便有一种清新秀丽、淡泊自然的风格。当时魏晋士族喜欢率性洒脱之士，追求常人所不能达到的超凡脱俗的境界，崇尚隐逸，喜好游历，种种风气才造就了谢道韫在女子诗篇中的孤月之势。虽然她的作品大都早已散落在千百年来的历史尘埃里，但有幸还能看到的依然令人赞叹不已。

此外，她还擅书法。她自小便在叔父的熏陶下练习书法，出嫁后，舅姑皆是书法玄妙之人。王羲之的书法不必再讲，他的妻子郗夫人在书法上的造诣也颇高。谢道韫的书法有自己的风格，王羲之也很看重她的书法，由此可见她书法的精妙。后世人李嗣真曾见过她的书法作品，称其书法"雍容和雅，芬馥可玩"。谢道韫当年认真磨炼的书法作品，经过千年烟尘后尽数消散，不复得见，只有这短短八个字道尽其中的精妙，留给后人无限遐思。都说字如其人，她的字大概和她的人一样雍容大气、平和雅致吧。

明朝时杨基曾作《赠婉素》诗："同祀碧鸡神，丝萝又结姻。文如谢道韫，书逼卫夫人。冀缺终相敬，梁鸿不厌贫。还能事荆布，归钓五湖滨。"翻开沉重的史册，我们望见了才女的绝世风采，却没有留住她精美的诗篇，只能在别人的诗中寻芳觅迹，从他人的感叹中来臆想曾经的锦绣诗篇。诗中与她相对的是卫夫人，卫夫人是书法名家，师从钟繇，她的书法被评为"如插花舞女，低昂美容；又如美女登台，仙娥弄影，红莲映水，碧沼浮霞"，是王羲之书法入门的老师。和她的书法对应的是谢道韫的才，可见女子中她们是出类拔萃的佼佼者。

宋人蒲寿宬曾写过一首名为《咏史八首·谢道韫》的诗，诗中说："当时咏雪句，谁能出其右。雅人有深致，锦心而绣口。此事难效颦，画虎恐类狗。"他称赞谢道韫锦心绣口、雅人深致，能做到这一步的很难，后人再有模仿者也不过是画虎不成反类犬，可见要修炼成一个魏晋名士不是一日之功。后世有许多人对谢安的沉稳不屑一顾，他们认为谢安是为了做名士而做名士，那么淝水大战前夕八十万大军兵临城下时，谁能面不改色、神态从容地下一盘棋？谁又能明知帐后刀斧林立，还微笑着淡然地应对周旋？

谢道韫有这样一位叔父是一种幸运，她自小跟在他身侧，深受他的影响，便是达不到他的高度，也有着同样的品质。她的身体里流淌着谢氏的血，沉淀着家族的风骨，她临危不惧，昂扬直面刀剑，有着男儿也不曾有的胆识和勇气。她由仰望嵇康的小姑娘成长为与他并肩而立的名士之一，同时在魏晋的星光里耀眼夺目。

唐朝的罗隐曾写过一首《七夕》，其中有一句是这样的："应倾谢女珠玑箧，尽写檀郎锦绣篇。"将谢女和檀郎相对应，取的是谢道韫的容貌才华皆出众，檀郎指的是潘安，同样取其出众的风姿和文采。两人一个生活在西晋，一个生活在东晋，相差几十年的时光，却将他们放在一起来讲，只因为他们无论是容貌还是才气都是卓尔不群的。

因才华而显世，因风度而流芳千古，她没有其他朝代女子的浓艳绮丽或哀婉凄凉，她特立独行、秀挺不折，和一众名士并肩而立，流光溢彩，风骨铮然。

5. 聚散两依

一生恍然如一场梦，是该告别的时候了。谢道韫起身拂去衣衫上的灰尘，抬眼望了望远处苍郁的东山，似乎闻到了桂花的香气。不知不觉已是八月，有大雁排队掠过长空，发出呼唤的鸣叫。谢道韫点点头，这大概是在呼唤我，归去吧，归去吧。风吹过庭院，有黄叶落下，带着淡淡的寒意，又是一年秋凉时。

她又想到了少女时期，那时她喜欢和兄弟姐妹们坐在一起，听他们因为一个小论题争辩不休，辩不过便会来扯她的衣袖，阿姐，阿姐，你来帮我。她不爱开口，若是开口总能将他们逼至哑口无言，让他们感叹她的才智。每到这时，她会觉得自己不够灵动，缺乏可爱。她也喜欢清静，更多的时候她会坐在明亮的窗内，看院内花开花落，看孩子们如毛团一般散落在庭院内，她喜欢这种闹中取静的感觉，一窗之隔，阳光和煦，岁月静好，她在其中安静地坐着，守着一片天荒地老的永恒。

她怎么也没有想到自己的命运最终是这样的，大难发生后，她也同其他遭遇不幸的人一样，一遍遍地自问，为什么？为什么这一切会降临在自己的头上？命运为何待她如此不公？丈夫去了，孩子们去了，他们都在一天走了，抛下她一个人。每当她再坐到窗前，就发现满院的花红柳绿原来都是凄楚的，没有那些人，再美的风景也是凄凉的。她再没有闹中取静的永恒，岁月将喧哗热闹和她隔开了，留给她的只有永远的沉静。她哭过、恨过，想过追随亲人们而去，但最后都挺过来了。随着岁数慢慢增长，她的记忆开始模糊了，感到似乎又热闹了起来，那些逝去的人仿佛都回来了，伴在她的身边，在庭院内，在石级上，在湖畔，在树下，在她经过的每个角落，让她不再沉寂，热闹而开心。

走吧，是该离开的时候了。谢道韫将目光从远处收回，她也终于要走了，和亲人们在另一个世界团聚。她不再留恋，毅然转身而去，还是她平素不拖泥带水的性格。院门在她身后缓缓关闭，她的身影渐渐消失在深深的庭院内。院门外有数竿翠竹迎风沙沙作响，远山的轮廓透着金黄，映着夕阳绚烂如霞。

她本就是一道风，是那个黑暗的时代一股清新的风，拂开血腥浑浊的烟云，展露一角青山碧水。合上史册，将她深埋其中，指尖留着墨迹的香气。窗外雨声再起，夜幕深沉，一朵花开，一朵花凋零，无声无息，颤动的是心底的弦和天长地久的风骨，还有融入骨血的朗朗正气。